KEITAI
SHOUSETSU
BUNKO
野いちご SINCE 2009

極上男子は、
地味子を奪いたい。②
～最強イケメンからの溺愛、始動～

* あ い ら *

JN031258

● STARTS
スターツ出版株式会社

イラスト/柚木ウタノ

１万年にひとりの逸材と言われた、
元人気No.１アイドル、「カレン」。
普通の高校生活を送りたい彼女が、
正体を隠して編入した学園は……。
個性豊かな、彼女のファンで溢れていた。

シリウスの命令制度が発令。
「相手がどんな奴だろうと、
これからはお前を守ってみせる」
最強総長の溺愛は暴走？

一方、恋のバトルは着々と勢いを増していく!?
「なんだよ。キスぐらい挨拶だろ」
「……あいつ、いちいち可愛いな……」
「俺を見ろ、花恋」
極上男子たちからの求愛は加速!?

そしてついに……。
「カレン……だった、のか？」

元人気No.１アイドルを巡る恋のバトル、加速！

超王道×超溺愛×超逆ハー！
＼御曹司だらけの学園で、秘密のドキドキ溺愛生活／

同一人物

極上男子は、地味子を奪いたい。2

～最強イケメンからの溺愛、始動～

伝説のアイドル"カレン"の姿

地味子に変装中の花恋の姿

元トップアイドルの美少女

一ノ瀬 花恋（いちのせ かれん）

1年

1万年にひとりの逸材と言われた元トップアイドル。電撃引退をしたが、世間では今も復帰を望む声が相次いでいる。正体がバレないように地味子に変装して"普通の学園生活"を送ろうとするけれど…？

あらすじ

編入早々、生徒会メンバー入りをした元伝説のアイドル・花恋。自分のことを認めてもらうため日々努力をするが、嫉妬や妬みで生徒会メンバーに嫌がらせをされてしまう。いじめは悪化し、正道の指示で無理やり前髪を切られそうなる花恋。しかしそこにLOSTの総長・天聖が現れ、『花恋に対するいっさいの悪事を禁止する』と命令をくだした。じつは天聖は、全学年のトップを意味する存在"シリウス"だったのだ――。天聖の命令によって、物語は大きく動き出す。

圧倒的な存在感を
放つ気高き総長

花恋の正体を
唯一知っている

2年

長王院 天聖
（ちょうおういん てんせい）

LOSTの総長でシリウス（全学年の総合首席者）。学園内でずば抜けて人気がある国宝級イケメン。旧財閥である長王院グループのひとり息子だが、LSに所属している。花恋とは昔出会ったことがあるようで…？

1年

守堂 蛍
（うどう ほたる）

LOSTメンバーで花恋のクラスメイト。成績優秀で生徒会に勧誘されたが辞退した。響と一緒にカレンのイベントに通ったこともある。

1年

月下 響
（つきした ひびき）

LOSTメンバーで花恋のクラスメイトで関西弁。勉強嫌い。カレンの大ファンでカレンのことを天使だと絶賛している。

2年

椿 仁斗
（つばき じんと）

LOSTの副総長。落ち着いていて頼りがいのある兄貴分。いつもは包容力に溢れているが、じつは……。

2年

榊 大河
（さかき たいが）

LOST幹部メンバー。真面目な美男子。とある理由から女性嫌い。完全無欠だが、ある秘密を抱えている。

2年

泉 充希
（いずみ みつき）

LOST幹部メンバー。成績が良く、頭の回転も早い天才型。ただし気分屋で、人付き合いが苦手。喧嘩っ早い。

女嫌いで冷酷な
生徒会長

2年

久世城 正道
（く ぜ しろ まさ みち）

生徒会長。表では文武両道の完璧美男子だが、本性は腹黒い。カレンの大ファンで、カレンも認知しているほどライブや握手会に足繁くかよっていた。天聖にシリウスの座を取られたことを恨んでいる。

2年

水瀬 伊波
（みな せ い なみ）

生徒会副会長。生徒会で唯一優しい性格をしているが、正道の命令には逆らえない。カレンのファンだが、正道がいる手前公言はしていない。

1年

京条 陸
（きょうじょう りく）

生徒会役員で花恋のクラスメイト。比較的優しいほうだが、自分の利益を優先して動く。カレンのファンだが、手の届かない存在だと思っている。

2年

武蔵 誠
（む さし まこと）

生徒会役員で、花恋に"舌打ち先輩"とあだ名を付けられていた。生徒会では冷たいキャラを偽っているけれど…？

続々イケメン登場…！

お楽しみに！

星ノ望学園の階級制度

（ほしのぞみ）

First Star 通称 FS

（ファースト スター） （エフエス）

生徒会の役員だけに授与される称号。生徒会に入るには素行の良さと成績が重視され、学年の中でも数少ない成績上位者だけに与えられる。生徒会は表面上では華やかで人気があるが、生徒会長・正道の権力の強さは圧倒的で、裏ではほぼ独裁的な組織運営となっている。

Lost Star 通称 LS

（ロスト スター） （エルエス）

暴走族LOSTのメンバーだけに授与される称号。生徒会入りを拒否した者は強制的にLOSTのメンバーになる。総長・天聖はグループを束ねることはしないが、持ち前のカリスマ性で自然とメンバーを統率。唯一、FSに対抗できる組織であり、生徒会の独裁的な運営を裏で抑圧している。

Normal Star 通称 NS

（ノーマル スター） （エヌエス）

一般生徒のこと。学園内のほとんどの生徒がこの階級に属する。品行方正なFS派か、派手で目立つLS派かで生徒間では派閥がある。

Sirius

（シリウス）

全学年の総合首席者に授与される称号。学業と身体運動の成績を合わせた実力のみで選定される。今年は学園創設以来初めて、FSではなくLSの天聖がシリウスに選ばれた。シリウスはひとつだけ願いを叶えてもらえる"命令制度"を使う権限をもち、その命令には生徒はもちろん教師さえも逆らうことはできない。

contents

6 th STAR
LOST

ヒーロー

「——花恋に対するいっさいの悪事を禁止する」

　天聖さんの発言に、教室が静寂に包まれた。

　ごくりと、みんな息を飲んでいる。

　何が、起こってるの……？

　これが命令制度……？

　"命令制度"って……本当に、実在するの……？

　生徒会の役員さんたちはみんな、顔を真っ青にしていた。

　私はひとりこの状況が飲み込めないまま、天聖さんを見つめた。

　教室にいる全員の視線が、教室のど真ん中にいる天聖さんと、その天聖さんに抱きかかえられている私に集まっている。

　天聖さんは正道くんたちを見たまま、怖い顔をしていた。

「いいか。こいつに少しでも危害を加えてみろ。LSに昇格するだけじゃ済まさない。——俺が物理的に潰してやる」

「……っ」

　その言葉に、怯えたような「ひっ」という声がそこかしこから聞こえる。

　私でも恐ろしいと思うくらい、天聖さんのすさまじい気迫を感じた。

　私のためにここまで怒ってくれているということに、申し訳なさを感じるほど。

　天聖さんは、床に落ちていたハサミを蹴った。

　それが、ちょうど倒れている伊波さんの前で止まる。

「言っておくが、こいつが花恋に何かした場合も、命令したお前は連帯責任になる」

　鋭い目で、正道くんを睨みつけた天聖さん。

「生徒会長なら、そのくらいわかるだろ？」

「……ッ」

　正道くんは眉間にしわを寄せ、悔しそうに歯を食いしばったまま、何も言わなかった。

　ここにいる全員が、天聖さんの恐ろしさを目の当たりにし、言葉を失っていた。

「花恋、行くぞ」

　別人のような優しい声で、そう囁いた天聖さん。

　私が知っている、いつもの優しい天聖さんの声。

「天聖さん……」

「大丈夫だ。もう何も心配するな」

　天聖さんは私の視界をふさぐように、そっと顔を胸に押しつけ、私を抱きかかえながら、ゆっくりと教室を出た。

　天聖さんのジャケットで、周りが見えない。

　ただ、見えなくても視線だけは感じる。

　天聖さんはきっと……私の泣き顔を見られないようにしてくれているのかな。

　どうしてこの人は……こんなにも優しいんだろう。

　あんな……ヒーローみたいに、私を助けてくれるんだろう……。

　迷惑も心配もたくさんかけてしまった。“命令制度”と
いうものまで……使わせてしまった。

　罪悪感でいっぱいになったけど、もしあのまま、天聖さ
んが来てくれなかったら……。

『これでこいつの長ったらしい前髪を切れ』

　さっきの正道くんの言葉を思い出す。それだけで、手の
震えが止まらなくなる。

　あの正道くんの表情が、トラウマになってしまいそうだ。

「花恋、降ろすぞ」

　どこかの教室に入った天聖さんが、そう言って私の体を
そっと降ろしてくれた。

　柔らかいソファの上で、ここはどこだろうと辺りを見渡す。

　ここ、教室……？　それにしては、ふかふかのソファや
テーブル、テレビやベッドまであるし……豪華すぎるよう
な……。

　教室よりも少し狭いくらいだけど、窮屈というわけでは
なく、むしろ生徒会室のような雰囲気も感じさせる。

　ただ印象が違うのは、白で統一されている生徒会室とは
対照的に、黒で統一されているから。

　ここがなんの部屋なのかわからず、天聖さんに聞こうと
した時だった。

　──ぎゅっ。

　突然、天聖さんに引き寄せられた。

　天聖さん……？

　天聖さんは強く、けれど優しく私を抱きしめながら、耳

元で囁いた。

「……悪かった。お前があんな状況に追い込まれていたこ
とに、気づいてやれなかった」

　苦しそうな声に、胸が痛む。

「そんな……天聖さんは何も……」

　むしろ、天聖さんには感謝しかないっ……。

　だから、そんなふうに謝らないでほしい。

「……自分が、許せない」

　悔やんでくれているのか、天聖さんの声色から自分を責
めていることが伝わってきた。

　一瞬うつむき、私を抱きしめていた腕をほどいた天聖さ
ん。今度は視線を上げて私を見つめながら、優しく私の頬
を両手で包み込む。

「相手がどんな奴だろうと……これからはお前を守ってみ
せる」

　真剣な眼差しを向けられ、思わずドキッと胸が高鳴る。

「だから、些細なことでも俺に言え。お前が傷つけられる
のは、耐えられない」

　どうして天聖さんは、こんなにも優しくしてくれるんだ
ろう……。

　友達だからって言っていたけど……優しすぎるよ……。

「はい……」

　守られっぱなしなんてダメだけど、天聖さんの言葉に、
ひどく安心している自分がいた。

　天聖さんがそばにいてくれるなら、もう何も怖くないと

すら思えた。

「辛かったな。もう安心していい」

　そんなふうに優しい声で言われたら……涙が出そうになってしまう。

　ぐっと堪えたのに、天聖さんが追い打ちをかけるように優しく頭を撫でてくれるから、涙が溢れてしまう。

「ありがとう、ございますっ……助けてくれて……」

　天聖さんはやっぱり、私のヒーローだ……。

「あいつら、全員退学にするか？」

　へっ……？

　唐突な発言に、思わず涙が引っ込んだ。

「た、退学……!?」

「ああ。本当はそう命令しようかと思ったが、誰がお前に悪事を働いていたのか正確にわからなかったからな」

　天聖さんはさも当たり前なことのように、さらりと言いのける。

　た、退学って……！

　私はそこまで望んでいないし、復讐心もない。ただ、嫌がらせをやめてもらいたいだけ。

『──花恋に対するいっさいの悪事を禁止する』

　そういえば、天聖さんのあの発言って……。

「あの、さっきの、命令制度っていうものなんですよね……？」

　確認するようにそう聞けば、天聖さんはあっさりと「ああ」と返事をした。

やっぱり……あれ、1回しか使えないって、響くんたち
が言ってた……。

せっかく総合首席になって勝ち取った、たった1回の願
いを、私が使わせてしまった……。

「そんな大事なものを、私のために……ごめんなさい……」

申し訳なくて、頭を下げた。

「もとから命令制度を使うつもりはなかったから、気にす
るな」

そ、そうなの……？

「でも……」

私が使わせてしまったことには、変わりはなくて……。

「それに、あんなものでお前を守れるなら安い」

天聖さんはそう言って、ふっと笑った。

その微笑みがかっこよくて、見惚れてしまう。

やっぱり、優しすぎる……。

「明日には校内全体に伝わっているはずだ。もし少しでも
お前に嫌がらせまがいな行為をした者は退学になるから安
心しろ」

ひっ……。

け、結局退学なんだ……と思い、笑顔がひきつる。

でも、退学になりたい人なんていないだろうから、嫌が
らせはなくなりそう……。

なくなりますように……と、心の中で祈る。

「生徒会も……行きたくないなら、やめればいい」

心配そうに私を見つめる天聖さん。

　そうだ……。

「あの……実は、生徒会についてなんですけど……」

　ちゃんと自分の気持ちを、伝えておかないと。

「私、生徒会にいたいんです。星制度っていうのは、よくない制度だなって思ってはいるんですけど、アイドルをやめてまでこの学園に入ったからには、いい成績を収めたくて……だから、嫌がらせがあっても、ずっと続けていたんです」

　社長に、みんなに……誇れる成績をとりたい。

　決してLS生が誇れないというわけではなく、FS生のほうが成績の得点が高いのが事実だったから、それに基づいてFS生をキープしたいんだ。

「そうか」

　LOSTの天聖さんに、失礼な発言だったかな……と不安に思ったけど、天聖さんは嫌な顔ひとつせず、微笑んでくれた。

「なら、俺は応援するだけだ」

　そう言って、また私の頭を撫でてくれる。

「あいつらが不審な動きをしたらすぐに言え」

「天聖さん……」

　どうして、この人は……全部受け入れてくれるんだろう。

「優しすぎます……私なんかに……」

　私の言葉に、なぜか天聖さんは驚いた顔をした。

「俺が優しい？　……お前は、変な奴だな」

　まるで、自分は優しくないとでもいうかのような発言。

　少なくとも……天聖さん以上に優しくて、包容力のある男の人と、出会ったことはない。

　優しい人はたくさんいるけど、天聖さんの優しさはなんていうか……無償の優しさのように感じた。

「天聖さんは、優しいです……」

　私に親切にする理由なんてひとつもないのに、ここまでよくしてくれるなんて……。

　そっと、天聖さんが私の手を握ってきた。

　え……？

　どうしたんだろうと思い天聖さんの顔を見ると、なぜか心配そうに見つめてくる。

「……まだ怖いか？」

　あっ……。

　よく見ると、私の手はまだ震えていた。

「い、いえ、もう平気です……！」

　さっきの恐怖心が残っていたのか、震えを抑えようと自分の手を握りあわせる。

　でも、まだ震えは収まりそうになかった。

　情けない……。天聖さんが助けてくれたのに……。

「お前は人に気を使いすぎだ。……もっとまわりを頼れ」

　再び、優しく抱きしめられた。

　天聖さんの広い胸に、ぎゅっと包まれる。

　温かくて、触れたところから、天聖さんの気持ちが伝わってくるみたいだった。

　私を安心させようとしてくれてるのかな……。

「……悪い」

　私が抱きしめられるのが嫌だと思ったのか、そう言って腕を離そうとした天聖さん。

　私は引き止めるように、ぎゅっと服を握った。

「もう少し、このままがいいです……」

　天聖さんの腕の中は、安心する……。

　こうされると、怖いものは何もないんだって、どうしてかそんなふうに思える……。

「天聖さんに抱きしめられると……とっても、落ち着きます……」

　胸に、頭を預けるように寄りかかる。

「……っ」

　天聖さんの、息を飲む音が聞こえた気がした。

「……そうか」

　安心したような声色のあと、そっと頭に手が乗せられる。

　私に……安らぎをくれる人。

　天聖さんは誰よりも……頼もしい人……。

　震えも収まって、もう抱きしめてもらう理由もなくなったのに、どうしてか離れたくない自分がいた。

　あと少しだけ、このまま……。

　──バタンッ!!

　……っ、え?

　勢いよく扉が開く音が、室内に響いた。

　驚いて、反射的に天聖さんから離れる。

　音のしたほうに視線を向けると、そこにいたのは……数

人の男の人たちだった。

「天聖！　お前、命令制度使ったって……」

　先頭にいた、扉を開けた張本人は、私と天聖さんを見ながら固まった。

　アッシュレッド系の短い赤髪で、サイドを刈り上げているヘアスタイル。一見怖そうだけど、タレ目で、温厚な肉食動物みたいな印象の人。

「あ……えーっと……」

「……」

　天聖さんは、苦笑いしているその人を睨みつけている。

　ど、どうしようっ……変なところを、見られてしまったっ……。

「あ、あのっ……」

「わ、悪い悪い。邪魔した？」

　男の人は、あははと乾いた笑みをこぼしている。

　……って、よく見ると後ろにいるのは……！

「響くん！　蛍くんも……！」

　扉を開けた男の人の後ろには、響くんと蛍くんの姿が。

　もうひとり知らない人がいるから、入ってきたのは全員で４人。

　響くんと蛍くんは、私と天聖さんのほうを見て目を見開いていた。

「花恋!?　……長王院さんと花恋がここにおるってことはやっぱり、命令制度の話はほんまやったんか……！」

　どうやら、響くん蛍くんとこの方たちは、命令制度のこ

とを天聖さんに聞きに来たみたいだった。

　ここに天聖さんがいると思って来たってことは……ここは、いつも天聖さんがいる場所なのかな？

　そういえば、ここがどこなのか聞きそびれていた。

「あの……この教室は……？」

「LOSTの溜まり場だ」

　私の質問に、さらりと答えた天聖さん。

　ロ、LOSTの溜まり場……!?

　よく見ると、ほかのふたりもＬのバッジをつけている。

「……で？　命令制度使ったって話はほんと？」

「ああ」

　赤髪さんの言葉に、天聖さんが頷いた。

　赤髪さんは、感慨深そうに腕を組んで頷いている。

「そっかそっか……天聖が女のためにあれだけ毛嫌いしてたシリウスの権力を使うとは……」

　毛嫌いしていた……？

　意味がわからず首をかしげていると、赤髪さんが近づいてくる。

　赤髪さんは私を見ながら、にこりと微笑んだ。

「初めまして、俺は２年の椿仁斗。仁って呼んで。これからよろしくね、天聖の彼女」

　え？

　て、天聖さんの、彼女……!?

溜まり場

　赤髪さん……もとい仁さんの言葉に、私は慌てて首を横に振った。

「ち、違います……！　私は、天聖さんの彼女じゃありません……！」

　どうしてそんな誤解をしてるんだろう……！

「……え？」

　驚いた様子の仁さんに、天聖さんが返事をした。

「……ああ」

　なぜか、少し不満そうな返事に聞こえる。

　って、私とそんな誤解をされたら、不満に思って当然っ……。

「そうだったんだ。てっきり、天聖が命令制度を使うくらいの相手だから、恋人かと思ったよ」

　あははと笑う仁さんに、恥ずかしくなった。

　誤解でも、天聖さんと私が恋人なんて……。

「それに、もう彼女だって噂になってるよ？」

「えっ……！」

　う、噂……!?

「ああ、そうだな」

　後ろにいた、メガネをかけたもうひとりの男子生徒さんがそう言った。

「命令制度の使用の話と一緒に、一ノ瀬花恋は長王院天聖

の恋人だと伝わっている」

「……」

　う……嘘（うそ）……。

　天聖さんにとってとんでもなく不名誉な噂に巻き込んでしまった……。

「ご、ごめんなさい天聖さん……！」

　深く頭を下げ、天聖さんに謝罪する。

　響くんと蛍くんから、"長王院さん"の話を聞いていたから、なおさら申し訳なくなった。

　LOSTっていう強い暴走族のトップで、総合首席のシリウスで……そんな完全無欠の天聖さんにとって、誤解とはいえ私と恋人なんて噂が流れるのは不名誉に違いない……。

「どうしてお前が謝る。……別に、俺はいい。それより、お前は嫌じゃないか……？」

「いえ……！　私はまったく……でも、天聖さんに風評被害が……」

　私は少しも嫌なんて思わないけど、ただただ天聖さんに申し訳なかった。

　それに……もし天聖さんに好きな人がいたりしたら……。

「風評被害ってなんだ。お前がいいなら、噂はこのまま放っておけばいい」

　私の言葉がおかしかったのか、天聖さんはふっと笑う。そして、優しく頭を撫でてくれた。

　天聖さん……。

　私が感動しているそばで、なぜかほかの人たちが驚いている。

「天聖が、笑った……」

　仁さんがぼそりと言った。まるで、天聖さんがめったに笑わない人みたいな言い方に聞こえた。

「……ごほん。まあそっちのほうがいいかもな。天聖の彼女ってことにしておけば、ますます誰も手を出せないだろうし」

「ああ。否定しなくていい」

「りょーかい」

　天聖さんの気遣い（きづか）に、ありがたい気持ちと申し訳なさが相半ばする。

「すみません……」

「お前が謝る必要はないって言ってるだろ？　お前を守れるなら、なんだっていい」

　どこまでも優しい天聖さんに、胸が締めつけられた。

「天聖さん……」

　なんていい人なんだろう……。天聖さんの聖は、聖人の聖かもしれない……。

　本気で、そんなことを思った。

　……あれ？

　何やら、じっと私と天聖さんを見つめている仁さん。

　メガネさんと、響くんと蛍くんも、私と天聖さんを交互に見ている。

「ど、どうかしましたか……？」

　気になってそう聞くと、仁さんが疑うような目を向けて
きた。

「……本当に付き合ってないのか？」

「えっ……！　付き合ってません……！」

　すぐに否定して、首を横に振る。

　ど、どうして、そんなふうに思うんだろう……？

「……まあ、時間の問題かもしれないな」

　め、メガネさんまでっ……。

「花恋……お前、いつのまに長王院さんと知り合ってた
ん……！」

　ずっと黙っていた響くんが、後ろから声をかけてくれた。

「あっ、そうなの……！　私、長王院さんが天聖さんだっ
て知らなくて……」

　ふたりも、私が長王院さんと知り合いだとは思わなかっ
たんだろう。

　私は天聖さんに、事情を説明する。

「響くんから、長王院さんっていうLOSTのトップでシリ
ウスのすごい人がいるとは聞いていたんですけど、名字を
知らなかったから、さっき初めて知ったんです」

「そうだったのか。……お前たちはクラスメイトだったな」

「はい！　俺と蛍は花恋と同じクラスです！」

　天聖さんの言葉に、響くんが元気いっぱいに答えた。

「だったら、これからお前たちには花恋の護衛を頼む」

　ご、護衛？

「護衛って……用心棒みたいな感じっすか？」

「ああ、俺は学年が違うからな。何かあれば、すぐに俺に
連絡してくれ」

「はい！　任せてください！」

　響くんが、なぜかとてもうれしそうに答えた。

「長王院さんの頼みなら、やってみせます！」

「わかりました」

　響くんだけじゃなく、蛍くんもうれしそうに返事をした。

　天聖さんにお願いされるのが、そ、そんなにうれしいの
かな……？

　こんなに後輩に崇拝されているなんて、本当にすごい人
なんだ……って、そうじゃなくて……！

　護衛なんて、そんな……申し訳ないよ……。

　ただでさえふたりには守ってもらっている状況だから、
これ以上迷惑をかけたくない。

　でも、きっとそんなことしなくていいって言っても、天
聖さんは気を使うなって言ってくれるだけな気がするし、
もう十分迷惑をかけてしまっているから、水を差してしま
うだけかな……。

「ご迷惑ばかりおかけして、すみませ……」

「俺が勝手にしてることだ。だから、もう謝るのはやめろ」

　謝罪が口をつきそうになった私の言葉を、天聖さんが
遮った。

　……そう、だよね。

　謝るのは……天聖さんにも、みんなにも失礼……。

　私は笑顔を浮かべ、天聖さんを見つめる。

「ありがとうございます、天聖さんっ……」

「……っ」

『ごめんなさい』より、『ありがとう』と伝えたい。

　天聖さんはなぜか一瞬目を見開いたあと、いつもの優しい笑みを向けてくれた。

「ああ、そっちのほうがいい」

　ふふっ、天聖さんが笑ってくれると、私もうれしくなる……。

　微笑みあっている私たちを見ながら、ほかの４人が唖然としている。

「天聖が照れてる……」

「……こいつは本当に天聖なのか……？」

「花恋、やるな……」

「まさかこいつがな……」

　仁さん、メガネさん、響くん蛍くんの順でぼそぼそと何か呟いている。

　天聖さんはそんな４人を見て、口を開いた。

「お前たちもだ。LOSTの奴ら全員に、花恋を守るように伝えてくれ」

　ロ、LOSTの人たち全員……。

　や、やっぱり、申し訳ない気持ちが拭えない……。

　そういえば、ここはLOSTの溜まり場だって言ってたけど……LOSTの人たちって、何人くらいいるんだろう？

　それに、暴走族の溜まり場って聞くと、もっと荒れた場所を想像するけど、モデルルームのような整頓されているかっこいい部屋だ。

「それにしても、生徒会で嫌がらせされてたなんて大変だっ
たね」

　仁さんが、私たちと向かい合うソファに腰を下ろした。

　生徒会で嫌がらせされてたこと、どうして知ってるんだ
ろう？

　響くんたちが伝えたのかな？　それとも、その噂も流れ
てる……？

「あいつらは、性根が腐っているからな……まったく」

　メガネさんも、仁さんの隣に座り、呆れたようにため息
をついている。

　響くんと蛍くんは、立ったまま話を聞いていた。

「俺たちがいるから、もう安心して」

「弱い者いじめは見過ごすわけにはいかない。ましてや女
子生徒ひとりに……反吐が出る」

　仁さんとメガネさんの言葉に、胸の奥が温かくなる。

「あ、ありがとうございます……やっぱり、LOSTの皆さ
んは優しいんですね」

「やっぱり？」

　私の言葉が引っかかったのか、仁さんが首をかしげた。

　私は笑顔で、言葉を続ける。

「響くんと蛍くんが、とってもいい人だから……LOSTの
人たちも、きっといい人たちなんだろうなって思っていた
んです」

　ふたりは私にとって、正義だったから。

「私が教室に通えていたのも、ふたりのおかげなんです」

　ふたりがいる時だけは、嫌なことを言われることも、何かされることもなかった。

　いろんなことがあったけど、いつだって私のことを守ってくれた響くんと蛍くん。

　嫌がらせに耐えられたのも……ふたりが一緒にいてくれたからだ。

　ふたりといる時はとっても楽しかった。

「……そうだったんだ」

「お前たち、よくやった」

　仁さんとメガネさんが、ふたりの頭をわしゃわしゃと撫でた。

「べ、別に、そんなたいしたことはしてへんっすけど……」

「生徒会がしょぼいことしてるから、対抗しただけで……」

　ふたりは照れくさそうに、顔を赤くしている。

「教室で、ずっと守ってくれてたでしょう？　ふたりには感謝の気持ちでいっぱいっ」

　本当に、ありがとうっ……。

　この恩は、これから精いっぱい返していきたい。

「花恋……」

　響くんが、なぜか感動したような表情で私を見ていた。

「……ま、地味ノ瀬も根性あったと思うけど」

「……おい、その呼び方はやめろ」

　蛍くんの言葉に、すかさず天聖さんが突っ込む。

「す、すいませんでした……！」

　頭を下げている蛍くんに、なんだか私のほうが申し訳な

くなった。
「て、天聖さん、いいんです……！　愛称だと思ってます」
　じ、地味ノ瀬って、語呂がいいし、今の私にはぴったり
だと思うから……！　あはは……！
「あんた、いい子だな。天聖が気に入るのもわかる」
　仁さんが、そう言って微笑んだ。
「……まあ、不快感はない。天聖が気に入った女なら、悪
い奴ではないだろうしな」
　メガネさんも……。
　これは、褒められてるのかな……？
　だとしたら、純粋にうれしい。
「そうだね。天聖が女の子とふたりで話してるのなんか、
初めて見たし」
「えっ……」
　初めて……？
　その言葉に、反応してしまった。
　だって、天聖さんはこのルックスで、超人のようなステー
タス。女の子からはきっと、モテモテの人生を歩んできた
はずだ。
　それなのに、今まで恋人とか、いなかったってこと……？
「余計なことは言うな」
　あまり聞かれたくないのか、眉間にしわを寄せ仁さんを
睨んだ天聖さん。
「はいはい」
　つ、追求はしないでおこう……。

でも、意外だなぁ……。

天聖さん、今も恋人はいないってことかな……？

って、もしいたら、私と噂になった時点で否定するよね……！

ほっと、胸を撫で下ろす……。

ん？　どうして私今、ほっとしたの？

何に対して安心したのかわからず、不思議に思う。

それより……。

「あの、ふたりは座らないんですか……？」

私は、ずっと気になっていたことを聞いた。

さっきから、ソファに座らず立ちっぱなしの響くんと蛍くん。

「あー、ここは基本的にトップ4の部屋なんだ」

仁さんの言葉に、私も慌てて席を立った。

「そ、そういえば私、ここにいて大丈夫ですかっ……？ LOSTのメンバーでもなければ、みなさんたちみたいなすごい人でも……」

私が呑気（のんき）に座っていい場所じゃない……！

「天聖の彼女……じゃなくて、彼女ってことになってるし、まったく問題ないよ」

「ああ。幹部と、その親しい間柄の人間は入室してもかまわないぞ」

そ、そうなの？

独自のルールがあるのか、居座ることを許可してもらえたけど、そわそわしてしまう。

「まあ、全員独り身だから、連れてくる彼女もいないけどね。
……天聖は抜け駆けしてるけど」

　そう言って、にやにやと意味深な笑みを浮かべた仁さん。

　私は響くんと蛍くんが気になって、落ち着かない。

　ふたりがずっと立っているのに、私だけ座っているのは
なんだか申し訳ないな……。

　トップ4っていうのに、ふたりは入ってないのかな？
ルールがたくさんあって、大変そう……。

「……おい、お前たちふたりも座れ」

　……え？

　天聖さんの言葉に、顔を上げる。

　響くんと蛍くんは、驚いた様子で、けれどもうれしそう
に目を見開いている。

「え……い、いいんっすか！」

「俺たち、まだ1年だから座るのは……」

「ルールなんかどうでもいい。花恋が気にしてるみたいだ
からな」

　私が気にしていたことに気づいていたのか、天聖さんを
見て笑みが溢れた。

　天聖さんは、どこまで気配りができる人なんだろう。

　私の考えていること、全部わかってくれるなんて……。

「俺、座ってみたかったんっす！」

　響くんがうれしそうにそう言って、「失礼します！」と
座った。

「めっちゃふかふかやん！」

「……そうだな」

　うれしそうなふたりに、私までうれしくなる。

「花恋のおかげやわ～」

「そ、そんな……！　私は何も……天聖さんが優しいだけだよ」

　本当に、天聖さんの優しさは計り知れない。

「天聖が優しい？　花恋、変なこと言うね」

「え？」

　物珍しいものを見るような目で、私を見ている仁さん。

「天聖は、近寄るのもおぞましいって言われてるほど恐れられて……」

　──ガチャッ。

　仁さんの声を遮るように、扉が開いた。

　あれ……？　今度は誰だろう……？

　扉の奥から現れたのは──長身の、金髪の男の人だった。

「……あ？」

　不機嫌そうに、私を見たその人。

　ひっ……こ、怖いっ……。

　髪を伸ばしているのか、少し長めの髪を後ろでくくっている。顔はどちらかと言うと美人系だけど、目つきが悪いため、威圧的（いあつてき）なオーラがあった。

　それに、身長が高いからっ……。

「おお、充希（みつき）。久しぶりだな」

　仁さんが、笑顔で彼に挨拶をした。

　充希さんっていうのかな……？

　彼は、何やらじーっと私のほうを見たまま、動かない。

　異物を見るような視線に、まるで不審者扱いされている気分になる。

　こ、怖いっ……。

「なんの騒ぎだよこれ。つーか……」

　彼は私を見たまま、口を開いた。

「……このブス、誰？」

　ブ、ブスって、私のことだよね……？　あはは……。

　苦笑いを浮かべた私の隣で、天聖さんが席を立つ。

　充希さんと呼ばれている彼に、近づいた天聖さん。

　それは、本当に一瞬だった。

「……っ!?」

　彼の体が、吹き飛んだのは。

　……え？

　突然のことに、驚いて呆気にとられた。

　今起こったことを簡単に説明すると、天聖さんが殴り、彼が倒れた。

　瞬殺すぎて、殴っている動作もはっきり見えなかったほどだ。

　殴られ、痛そうに悶えている彼。

「……お前は退学だ」

　……天聖さんが彼を見下ろしながら、そう言い放った。

「……は？」

「え？」

　彼の声と、私の声が重なる。

　た、退学？

「……まあ、そうなるか。今回ばかりは情報弱者のお前が
悪いな」

「仁の言う通りだ。充希、相変わらず噂に疎いな」

　ま、待って、待って……！

「てめぇら……何意味わかんねぇことほざいてんだ？」

　充希さんと呼ばれている人が、痛みに顔を歪めながら、
状況を理解できずにいた。

　正直、私も彼に同意だ。

　今の一瞬で、退学って……。

「天聖が命令制度を使った」

「……は？」

「その命令は、こいつへのいっさいの悪事を禁止するとい
うものだ」

　メガネさんの説明に、充希さんは顔を真っ青にした。

　まるで、すべて納得した様子の充希さんに、私だけが置
いてきぼりになる。

「あ、あの……こんな言葉だけで、退学になるんです
か……？」

　今、この人が私に『ブス』って言ったから……？

　たった、それだけで……？

「ああ。命令制度というのはそういうものだ」

　平然と答えたメガネさん。

「それだけ……絶対的な力をもっている」

「……っ」

　そ、そんな……。

　正直、命令制度を舐めていたのかもしれない。

　だって、本当にひと言だけだよ？

　それで、ひとりを退学にできるなんて……。

「ま、待ってください……！　それは、さすがに……」

　私は彼に退学になってほしいなんて思わないし、むしろこんなことで退学にさせないでほしい。

「お前に暴言を吐いた。理由ならそれだけで十分だ」

　さも当然のことのように、天聖さんがさらりと言って退ける。

　ま、まずい……このままじゃ本当に、この人が退学にっ……。

「ち、違うと思います……！」

　私は天聖さんに向かって、声を上げた。

「この人に、悪意はなかったと思います……」

　確かにブスって言葉は、女の子に言っちゃダメな言葉だと思う。でも……この人の言葉は、決して蔑称として言ったわけじゃなくて、見たままの感想を口にしただけって言うか……。いや、それもダメだけど、ただ正直な人なだけだと思うっ……。

「た、ただ、思ったことを言っただけで……だから、今回は無効にしてください……」

　天聖さんが、私のために命令制度を使ってくれたことは感謝してもしきれない。

　でも……私は、誰かに退学になってほしいとか、そんな

ことは思ってない……。

「……悪意がなかったらいいという話じゃない。お前を傷つけた時点でアウトだ」

　天聖さんの気持ちはうれしかった。心配してくれているのが、伝わってくるから。

　でも……。

「わ、私、傷ついてないです！」

「……」

「お願いします……天聖さん……」

　わがままだって、私のせいでこうなってるってわかってるけど……。

「わ、私、こんなことでこの方が退学になったら……罪悪感に押しつぶされます……」

　そう言って、懇願するように天聖さんを見つめた。

　天聖さんの表情が、困ったように歪む。

　少しの沈黙のあと、天聖さんは充希さんのほうを見た。

「……おい、今回だけだぞ」

　それは……許してくれるって、こと？

「次、同じようなことしてみろ。お前でも許さないからな」

　そう言って、再びソファに座った天聖さん。

　私は天聖さんがお願いを聞いてくれたことがうれしくて、ほっと安堵の息を吐いた。

「……ちっ」

　充希さんは、鬱陶しそうに舌打ちをし、痛そうに体を起こして部屋を出て行ってしまった。

「天聖さん……ありがとうございます……」

　私のために怒ってくれたのに、私のために許してくれた。

　何よりも、お願いを聞いてくれたのがうれしかった。

　私、とんでもないわがままだ……。

　それを聞いてくれる天聖さんは、やっぱり……誰よりも
優しい。

「……お前を悲しませたいわけじゃない」

　天聖さんはそう言って、困ったように視線を逸らした。

　ふふっ……どうしよう、天聖さんの優しさがうれしくて、
笑っちゃダメなのに笑顔が溢れてしまう。

「……花恋は優しいんだな」

　え?

「わっ……!」

　わしゃわしゃと、頭を撫でてきた仁さん。

　や、優しいのは私じゃなくて、天聖さんだっ……。

「おい、触るな」

「おー、怖い怖い。そんな顔すんなよ。妹可愛がるみたい
な感覚なんだから」

　パシッと、撫でる手を振り払った天聖さんは、仁さんを
睨みつけている。

「あいつも、礼のひとつくらい言って出て行けばいいの
に……」

　呆れたように、ため息をついた仁さん。

「あの、今の方は……?」

　そういえば、誰だったんだろう……?

40

　私の質問に答えてくれたのは、メガネさんだった。
「泉充希。2年の奴で、LOSTの幹部だ」
　泉充希さん……幹部ってことは、LOSTの仲間ってこと……？
　な、仲間が退学の危機になったのに、みんな平然としてたような……。
「気分屋な奴でな……あいつが失礼なことを言ってすまないな」
「い、いえ……！　私のほうこそ、部外者が溜まり場に居座ってすみません……」
　彼も……私みたいな見知らぬ女がいたから、警戒したのかもしれない。
　彼の目は……まるで初対面の人を警戒するワンちゃんみたいだった……。って、この例えも失礼かな……。
「花恋は謝ってばかりだな。天聖の彼女……じゃなくて、選んだ相手なら、LOSTの仲間だ。いつでも来たらいい」
　メガネさんの言葉に、目を見開いた。
　仲間、って……。
「い、いいんですか……？　私、生徒会役員なのに……」
「ああ、そうだったっけ。でも、別にいいよ。生徒会だから敵ってわけじゃないし」
「そうだ。俺たちがよく思っていないのは、権力を振りかざしている生徒会役員だからな」
　平然と、そう言ってくれる仁さんとメガネさん。
「ってことで、これからよろしく。えっと……花恋って呼

んでいい？」

　うれしい……。

「はい……！」

　仲間と言ってもらえて、まるで新しい居場所ができたように思えた。

　生徒会で異物扱いされていた私を……快く受け入れてくれるLOSTのみんなに、感謝の気持ちでいっぱいになった。

「なんか、無邪気で可愛いな。本当に妹ができた気分」

　うれしそうに笑った仁さんに、私も笑顔を返す。

「そういえば、自己紹介が遅れたな。俺は榊大河２年だ。俺のことも大河でいい。何か困ったことがあれば、いつでも俺たちに言え」

　メガネさん……もとい、大河さんにも、満面の笑みを差し出した。

「はいっ……！　ありがとうございますっ」

「……っ」

　あれ……？

　なぜか、顔を赤らめている仁さんと大河さん。

「……なんか、似てる……」

「……」

　ふたりとも……？

　ぶつぶつと何か言っている仁さんと、無言で凝視してくる大河さん。

　私はふたりの奇行に首をかしげながらも、これからの生活を想像し、胸が躍るような気持ちだった。

長い1日

　LOSTの溜まり場の教室で、天聖さんたちとのお話に花を咲かせていた。
「LOSTの皆さんは、本当に仲がいいんですね」
　話を聞けば聞くほどみんな仲がよく、いい人たちだと改めて思う。
　私のつまらない話にも相槌を打ちながら笑ってくれるし、質問をすれば快く答えてくれる。
　LOSTのみんなが悪い人たちには、到底思えなかった。
「まあそうかな。俺たちは結束は固いよ。……でも、充希はあんまり俺たちとつるみたくないみたいだけど」
　充希……って、さっきの人……。
「ああ。俺と仁と天聖は幼い頃からの付き合いだが、あいつは帰国子女で唯一高校からの付き合いだからな……」
　そうだったんだ……って、帰国子女なの？
　そういえば、あの髪色……金髪だったけど、染めているようには見えなかった。
　とても綺麗な色だったし、もしかしたらハーフ……？
「校則に縛られたくなくてLOSTに入ったらしいが、一向に懐かないというか、俺たちに心を開いていない」
「そうなんですね……」
　大河さんの言葉にそう返事をしたものの、さっきの充希さんを思い出して疑問が生まれる。

　そんなふうには、見えなかった気がするなぁ……。

　だって……なんだか彼、慣れ親しんだ場所に部外者がいたことに、驚いているみたいだったから……。

　やっぱり、悪いことをしてしまった……。

　彼にとって、私がここにいることが嫌なんじゃないかなと思うと、罪悪感が込み上げた。

「生徒会の奴らも、だいたい幼少期からの付き合いだ。まあ、向こうは俺たちのことを毛嫌いしているがな」

「伊波以外は、LOSTのことゴミみたいに思ってるよ」

「あっ……」

　苦笑いを浮かべている仁さんに、私はあることを思い出した。

「どうした？」

　天聖さんが、心配したように聞いてくる。

「そういえば、今日生徒会サボっちゃいました……」

　お、思い出したっ……。

　今日もいつも通り活動があったはずなのにっ……。

「気にしなくていい」

　天聖さんはそう言ってくれたけど、今頃、役員さんたちが怒ってるんじゃないかと思うとぞっとした。

　ど、どうしよう……今からでも……行ったほうがいいかな……。

　でも……。

『おい、伊波。こいつの髪を切れ』

『本当に、すみません……』

　思い出すと恐怖心が蘇（よみがえ）ってくる。今日は生徒会の人たちに……会いたく、ない……。

　そんな、情けないことを思ってしまった。

「そうそう、気にしなくていいって。それにあいつらも、今日は活動してないって」

「そうですかね……」

　仁さんの言葉に、少しだけ気が軽くなった。

　そういえば……あの後生徒会の人たちは、どうしたんだろう……。

　全員教室に集まっていたけど……。

「それに、不安がらなくても大丈夫だ。命令制度を使ったから、あいつらは花恋に指図できないからな」

「何やっても、何も言われないはずだから。試しに１回おちょくってみな」

　大河さんと仁さんが、優しくそう言ってくれる。

「生徒会は下衆（げす）な奴も多いが、ルールだけは重んじている。命令制度に逆らえる奴はいないだろう。……久世城（くぜしろ）しかり、な」

　正道くんの名前が出て、びくりと肩が跳ねた。

　本当に、何も言われなくなったらいいな……。

　正直、正道くんに暴言を吐かれるくらいなら、無視されたほうがマシかもしれない。

　私の中の大切な思い出……優しい正道くんが、薄れてほしくないから。

「花恋、そろそろ帰るか？」

　天聖さんの言葉に、時計を見る。

　わっ……もうここに来て、2時間くらい経ってた……！

　お話が楽しくて、時間をすっかり忘れていた。

「はい！」

　帰って、ご飯の支度をしなきゃ。

「そろそろって……寮そこでしょ？」

「花恋は通学組なんっすよ」

　仁さんの質問に、代わりに響くんが答えてくれた。

「え？　通学組？　珍しい」

「通学組なら、天聖と一緒か」

「はい！」

　寮に入ってないって、そんなに珍しいのかな……？

　確かに、寮に入ったら通学時間もかからないし、便利そうだから、基本的に入らない理由はないのかもしれない。

「今日はありがとうございました……！　皆さんとお話できて、とっても楽しかったです」

　立ち上がり、皆さんに頭を下げる。

「こちらこそ。いつでも来てね」

「ああ。気を使う必要はないぞ」

　仁さんと大河さん……本当にいい人だなぁ……。

　頼れるお兄さんが、ふたりできた気分だ。

「はいっ」

「花恋、またな〜」

「……また明日」

「うん！　響くんと蛍くんもバイバイ！」

　みんなに手を振って、天聖さんと一緒に溜まり場を出た。

　ふたりで、正門を出る。

「花恋、こっちだ」

　家の方向と逆に進もうとした天聖さんに、首をかしげる。

　別の道から帰るのかな……？

　そう思い、天聖さんについていく。

　すると、天聖さんは1軒のお店の前で立ち止まった。

「え……？　焼肉……？」

　落ち着いた雰囲気の、格式高そうなお店。おしゃれな看板に、小さな字で【焼肉】と書かれていた。

　天聖さんは、目線で入れと訴えてくる。

「今度うまい肉、連れてってやるって言っただろ」

　私は天聖さんの言葉に、ぱあっと顔を明るくした。

　天聖さん、覚えていてくれたんだ……！

　うれしくて、笑顔で頷く。

　私のテンションは最高潮に達し、顔が緩んで仕方がなかった。

「……そこまで喜ぶことか？」

　るんるんの私を、天聖さんが不思議そうに見ている。

「はいっ！」

「肉、そんなに好きだったんだな」

「もちろんお肉も好きですけど……」

　喜んでいる理由は、もうひとつある。

「友達と放課後にご飯を食べに行くなんて、初めて

で……！」

　そう言えば、天聖さんは驚いたように目を見開いた。

「……そうか」

「天聖さんが初めてですっ」

　夢がひとつ、叶った……！

「……初めてが焼肉でいいのか？」

「もちろんです……！」

　夢の放課後ご飯と、大好きな焼肉。それに、一緒にいるのは大好きな天聖さん。贅沢(ぜいたく)すぎる……！

「はぁ……ドキドキしてきました……」

「ふっ……お前は欲がないな」

　え？　ど、どういうこと……？

「飯(めし)なんか、いつでも連れて来てやる。……入るぞ」

　天聖さんはそう言って、私の頭を撫でてくれた。

　中に入ると、スタッフさんに個室に案内された。

　た、高そうなお店っ……。

　メニューを見ると、値段が書かれていなかった。

「あ、あの、私、今日そんなにお金持ってきてなくて……」

「気にするな。ここはうちのグループが経営している店だから必要ない」

　そ、そんなっ……いいの……!?

「好きなだけ食べればいい」

　天聖さんは、そう言って子どもを見守るように微笑んだ。

「あ、ありがとうございます……！」

「どれがいい？」

「えーっと、どうしよう……」

　あんまり高いものを頼むのは気が引ける……で、でも、全部高そう……ど、どうしよう……。

「とりあえず、全部頼むか」

「ぜ、全部……！」

　悩んでいると、天聖さんがスタッフさんを呼び、「ある肉全部順番に持ってきてくれ」と頼んだ。

　な、なんだか慣れてるっ……。

　さらりととんでもない注文をした天聖さんに驚愕（きょうがく）しつつも、お肉がたくさん食べられるのはうれしかった。

　天聖さんが注文した通り、いろいろな種類のお肉が順番に運ばれてくる。

「おいしい〜……！！」

　どのお肉も、ほっぺたがこぼれ落ちちゃいそうなくらいおいしい……！

「何枚でも食べられます……！」

「そうか」

　パクパクと一心不乱に食べ進めている時、ふと天聖さんがじっと私を見ていることに気づいた。

　恥ずかしくて、顔が熱くなる。

「どうした？」

「く、食い意地はって、恥ずかしいなって……」

　天聖さんも、こいつどれだけ食べるんだって思ってるかもしれないっ……。

「お前がうまそうに食べてる顔は、見ていて楽しい」

　本当に楽しんでいるのか、笑っている天聖さん。

「天聖さんは、へ、変です……」

　私が食べているのを見て、何が楽しいんだろう……？

　それに、天聖さんはあんまり食べてない気が……少食な
のかな？

「そうか？　花恋のほうが十分変わってる」

「え？　私は普通ですよ」

「……」

　その後も、私は次々と運ばれてきたお肉を全部ぺろりと
平らげた。

「はぁ……おいしかったです……！」

　お店から出て、ふたりで帰り道を歩く。

　幸せな時間だったっ……。お腹いっぱいだ……。

「そうか」

「天聖さんも、お腹いっぱいになりましたか？」

　天聖さんはずっとお肉を焼いてくれていて、私ばっかり
食べちゃった気がするっ……。

「お前の幸せそうな顔が見れたから、俺も十分だ」

「……っ」

　さらりと、そんなことを言う天聖さん。

　なんだか勘違いしてしまいそう。

　天聖さんは、どこまで優しくしてくれるんだろう……。

「今日は本当に……ありがとうございます」

「お前は、口を開くと謝罪と礼ばっかりだな」

「だって……天聖さんには、感謝してもしきれないです……」

　今日がまた、天聖さんによっていい日に変わった。

　天聖さんはいつだって、私の嫌な出来事を吹き飛ばしてくれる。

「疲れただろ。今日はゆっくり休め」

「はい……おやすみなさい、天聖さん」

　家の前で別れて、玄関に入る。

　すぐにお風呂を済ませて、ベッドにダイブした。

　今日は……いろいろあったなぁ……。

　目をつむって、今日１日を振り返る。

　正道くんとふたりで話して、教室であんなことがあって、天聖さんに助けてもらって……。LOSTの皆さんと出会って……。

　天聖さんと、お肉を食べた。

　うん。天聖さんのおかげで、いい思い出のほうが多いやっ……。

　私にとって、ヒーローみたいな人……。

　明日から、いったいどうなっていくんだろう……。

　命令制度についても、まだ具体的なことがわからない。LOSTのみんなも大丈夫だって言っていたし、すごい威力があるのはわかってるけど、明日からの生活は想像もつかなかった。

　嫌がらせ、なくなるといいな……。

　少し不安もあるけど……でも、きっと大丈夫。

『相手がどんな奴だろうと……これからはお前を守ってみせる』

　生徒会への恐怖より、天聖さんがくれた言葉の安心感のほうが、大きかった。

　天聖さんがそばにいてくれるなら、怖いものなんて何もない。

　そんなふうにさえ思えた。

　天聖さんは……すごい人だ。

　私、天聖さんに出会えて、本当によかったな……。

　私は幸せな気持ちで、長い１日を終えた。

花恋の存在

【side 響】

「うん！　響くんと蛍くんもバイバイ！」

　笑顔で手を振って溜まり場を出ていった花恋と、長王院さん。

　俺は途端、はぁ……と息を吐いた。

　長王院さんと同じ空間、緊張したわぁ……。

　やっぱ、あの人のオーラはすごい……。

　おるだけで空気が重くなるというか……いや、悪い意味じゃないけど。

　俺たちみたいな1年にとっては長王院さんの近くにおれるだけで光栄や。

　それに……ソファ座らせてもらえたし……明日、花恋に礼言っとかな。

　1年は基本的に座れないルールで、今まで1年の時に座ったことがあるのは長王院さんだけっていう話だった。

　長王院さんは、1年の後期からすでにLOSTのトップやったらしい。

　ますます伝説の人やわ……。

　でも、まさか……あの長王院さんが……。

「でもまさか、天聖がなぁ……」

　俺と同じことを思っていたのか、仁さんがそう言った。

「そうだな。あいつが、ひとりの女に入れ込むとは……」

　いつも冷静な大河さんも、珍しく驚いている。

　長王院さんは、今まで女の噂がいっさいなかった。

　というより、他人に執着しない人で、興味すらしめさなかった。

　この世のすべてがどうでもいい。……そんなふうに思ってそうな人やった。

　やのに……まさかあの人が……。

　最初、長王院さんが命令制度を使ったと聞いて驚いた。しかもそれが女のためで、その相手が花恋ときた。

　花恋は長王院さんのこと知らんみたいやったから、そこに接点があったことにもめちゃくちゃ驚いた。

　正直、ふたりの姿を見るまではなんかの間違いやろって思ってたくらいや。

　でも……溜まり場に来て、花恋を見つめる長王院さんは、俺の知ってる長王院さんじゃなかった。

　あんなふうに優しい目をしてるあの人を知らんし、俺じゃなくてこの場にいた全員が一瞬でわかったやろう。

　長王院さんは──花恋に心底惚れてるって。

　花恋のよさはわかる。あいつはいい奴やし、女であんなに自己顕示欲がない奴はそうそうおらへん。

　でも……長王院さんがああいうおとなしそうな女がタイプやとは……。

　あの人は見た目もずば抜けてイケてるから、もっと派手な女を選ぶと思ってた。

　いや、花恋の見た目を侮辱したいわけじゃないし、長王

院さんが花恋を選んだことに異論はないけど。

　まあ、花恋本人は長王院さんに好かれてること、全然気づいてなさそうやったけどな……。

　あんな大事で大事で仕方ないって目で見つめられて気づかんとか、あいつはほんまに鈍感や。

　まあ、そのうちくっつくんやろうけど……。

　そう思ったら、何かが胸の奥につっかかった。

　ん？　なんや……なんか、苦しい……。

　なんでこんな胸痛いんや……？

「けど、俺は大河も意外だったな。お前、女の子苦手なのに、花恋はいいの？」

　仁さんのセリフに、俺も大河さんを見た。

　それも……俺も気になってたから。

　大河さんは、ちょっと女嫌いのようなところがある。嫌悪感があるっていうよりは、生理的に無理って感じ。

　有名な話やから、女子生徒は基本大河さんに近づかへん。

　けど……花恋とは普通に喋っとったから、ずっと違和感があった。

「俺も、正直驚いたんだが……なぜかあいつには、嫌悪感がない」

　大河さんは、自分でも不思議がっているのか、困惑している。

「女っぽくないというか……俺が苦手な女の特徴にいっさい当てはまらないからだろうか」

　まあ、女っぽさはな……。これも別に可愛くないってこ

とじゃなく、猫なで声で喋ったり、媚び売ってきたり、花
恋はそういうことをいっさいしてけえへんから。

　香水くさくもないし、守ってもらって当たり前みたいな
顔もせえへんかったし。

「確かに、花恋見てたら気が抜けるっていうか……初対面
なのに、一緒にいてすごい安心感がある子だったね。きっ
と悪い子ではないと思う」

　仁さんに初対面でここまで言わすとか、やるやんか。

「それは俺たちが保証します」

「へー、蛍がそんなこと言うの、珍しい」

　勝手に俺"たち"にされてるけど、まあそれも異論はな
いで。

　いい奴やから、俺たちも仲良くしてるんやし。

　あいつはLOSTっていうブランドで俺たちを見たりもせ
えへんし、長王院さんに気に入られたのも、そういうとこ
やと思う。

　実際、長王院さんがシリウスやってことも知らんかった
みたいやからな。

「あいつ……性格"だけ"はいいですから」

「お前、天聖にしばかれるよ」

　蛍の言葉に、仁さんが苦笑いを浮かべた。

「ま、判断するのはこれからかな。一応、様子見はしないと」

「……そうだな」

　仁さんと大河さんは、念のためというニュアンスでそう
言った。

　LOSTは敵が多いから、１回話したくらいで信用するのは無理やって思ったんやろう。

　この人たちはいろんな人たちに騙されてきたからこそ、警戒心が強い。

　けど……花恋がこの人たちの信頼を勝ち得るのも、時間の問題やろうな。

「にしても、天聖のあんな甘い顔初めて見た。『大丈夫か？』とか言って……ちょっとぞっとしたんだけど」

「俺もだ……普段無表情か鬼のような形相をしているあいつが、まさかあんな甘ったるい声を出せたとは……うっ」

「大丈夫？　俺もちょっと吐きそうになったよ。天聖をあんな豹変させるなんて、すごいねあの子」

　気持ち悪がってるふたりに、「はは……」と笑う。

　明日、花恋に会ったら……どうやって長王院さん骨抜きにしたんか、根掘り葉掘り聞いたろ。

　命令制度もあることやし……これから花恋にちょっかいかけてくる奴もおらんくなるやろうし。

　花恋の生活が、少しでも穏やかになったらええなと、思ったのは内緒や。

命令制度の威力

　翌日。いつものように、天聖さんと一緒にマンションを出た。

　いつもなら学校について昇降口のところでバイバイするけど、今日は「心配だから」と天聖さんが生徒会室の前まで送ってくれた。

　きっとLOSTの天聖さんは、生徒会室には近寄りたくないはずなのに、そこまでしてくれる天聖さんは今日もとっても優しい。

「大丈夫か？」

　生徒会室の扉の前で、私をじっと見つめながら心配そうに聞いてくる天聖さん。

　さっきまで少し不安だったけど、私よりも心配してくれている天聖さんを見ていると、不安が吹き飛んだ。

「はい……！」

　これ以上心配をかけないように、満面の笑みを返す。

「ここからは俺も入れない。何かあれば、すぐに連絡しろ」

「ふふっ、はい」

　大丈夫。天聖さんがそう言ってくれるだけで、頑張れる。

「行ってきます」

　私はそう言って、生徒会室の扉を押した。

　視界に映る、いつもの光景。

「……お、おはようございます……！」

　……あれ……？

　いつもの、光景……？

「お、おはようございます……」

「おはようございます」

　ぼそぼそと小声ではあるけど、挨拶が返ってきた。

　こんなことは、初めてだ。

　いつも無視されるのにっ……！

　それに、開口一番絶対に悪口を言われていたのに、今日は誰も言ってこない。

　それどころか……みんな毒気を抜かれたように、しおらしく見えた。

　目は合わせてくれないけど……というより、まるで怖がられているみたい。

　よく見ると、正道くんと伊波さんの姿はなかった。

　陸くんは……いる。でも、何も言ってこないし、視線を下にしたまま黙々と作業をしているだけだ。

　すごい……本当に、何も言われなくなった……。

　ほっとしたと同時に、やっぱり申し訳なさも感じる。

　だって、私は自分の力でこうなったわけではなく、天聖さんの後ろ盾があったからこうなっている。

　まるで天聖さんの権力を振りかざしているみたいで……罪悪感はきっと、いつまでも拭えないと思う。

　でも、それ以上に天聖さんへの感謝の気持ちが勝った。

　悪口を言われないことが、本当に幸せ……。

　安心のあまり、涙が出そうだった。

　……ううん、こんなところで泣いちゃダメだ。

　ここは、泣く場面じゃない……！

　悪意を向けられなくなったことは、第一歩にすぎない。

　私はこれから、ちゃんと自分の力で、生徒会の皆さんに認めてもらいたい……！

　自分の席について、仕事を始める準備をする。

　あ、その前に……天聖さんにメッセージを送らなきゃ。

　きっと心配してくれているだろうからっ……。

　急いで、【生徒会の皆さんから、何も言われなくなりました】と報告。

　するとすぐに既読がついて、【そうか】と返事がきた。

　たった３文字だけど、安堵の息を吐いている天聖さんの姿が目に浮かんだ。

　ふふっ……よし、頑張ろう……！

　仕事を始めようと思ったけど、いつもなら山積みに置かれている仕事がない。

　えっと……。私はいつも仕事の指示をくれる舌打ち先輩に歩み寄った。

　いつも舌打ちしているから、私が勝手にそう呼んでいるだけ。

「あの、私の仕事はありますか……？」

　そう聞けば、びくっと肩を震わせた舌打ち先輩。

「こ、これを、お願いします……」

　え？　こ、これだけ……？

　それに、敬語……。

　すっかり萎縮してしまっている舌打ち先輩に、心の中で謝った。

　なんだか、ごめんなさい……。

「あ、ありがとうございます……！」

　渡された資料を受け取り、自分の席に戻る。

　いつも大量のお仕事をしていたから、あっという間に終わりそうだ。

　多すぎるよりはいいんだけど……ほかの誰かに仕事量が偏っていないかが心配になった。

　今日の生徒会、本当に平和だったな……。

　誰からも、たったの一度も文句を言われなかった。

　それどころか、まだ８時なのにもう教室に戻っていいですって言われたし……い、いいのかな……。

　正道くんと伊波さんも最後まで来なかったし……生徒会、これからどうなるんだろう……。

「あ、あの子……！」

　教室に戻る途中。廊下を歩いていると、ぼそっと聞こえた声。

「長王院様の恋人だって……」

「しっ……！　何か言ったら退学だよ……！」

　う……や、やっぱり噂になってる……。

　天聖さん、ごめんなさいっ……。

　それに、何か言うだけで退学になるの……？　と、とんでもない……。

　すれ違う人がみんな、私と視線を合わせないようにしている。

　噂は広まっているはずなのに、広まっているからこそ、みんな口を閉ざしているように思えた。

　学校にいる間、いたるところから向けられていた悪意がなくなって……正直、とても気が軽い。

　悪意を向け続けられることが、どれだけ精神的に辛いことか……改めて気づいた。

　あれだけ好奇の目で見られていたのが、昨日の一瞬で無くなるなんて……。

　命令制度というものの威力を、私はこの身で思い知った。

変わらない関係

【side 蛍】

　昨日、長王院さんが命令制度を使った。

　朝登校すると、やはりと言うか、校内はその話題で持ちきりだった。

　もう、命令の内容を知らない人間は、校内にはいないだろう。

「なあ、聞いたか……？」

「うん、長王院様が命令したんでしょ……？」

「まさかあの編入生と、長王院様が恋人同士だったなんて……」

「ちょっと、あんまりそういうこと言わないほうがいいよ……！」

「そうだぞ、退学になりたくないだろ……！」

　こそこそと、話している生徒たちの会話が耳に入る。

「ははっ、揃いも揃ってビビり散らしてるなぁ」

　この状況を若干楽しんでいる響と、教室に入る。

　昨日まで地味ノ瀬をいじめていた奴らに関しては、来ていなかったり、顔を青くしながら登校していた。

　昨日までの嫌がらせ行為がカウントされないかということも明確になっていない今、誰が裁きの対象になるかもわからない。

　だから、全員が怯えていた。

　地味ノ瀬がひと言、今まで嫌がらせしていた奴を退学にって言えば、長王院さんならやっちゃいそうな勢いだけど……あいつはどうせ、そういうこと言わないだろうしな。

　クラスメイト、とくに石田周りの女子たち。

　お前ら……あいつに感謝しろよ。

　心の中でそう呟いた時、後ろの扉が開いて地味ノ瀬が入ってきた。

「花恋、おはよう」

「おはようふたりとも……！」

　笑顔で、俺たちのもとに駆け寄ってくる地味ノ瀬。

　いつもと変わらない無邪気な笑顔。でも、陰がなくなった気がする。

「生徒会でなんも言われへんかったか？」

「うん」

　心配して聞いた響に、地味ノ瀬が大きく頷いた。

　俺も……ちょっとだけ、本当にちょっとだけど心配してたから、こっそりと安堵の息を吐く。

　ま、シリウスに逆らえる奴なんていないってわかってたけど。

　それに、今年のシリウスは長王院さん。歴代シリウスの中でも、一番の権力を持っていると言われている人だ。

　長王院さんが地味ノ瀬のために命令を使ったってことは……。

　──地味ノ瀬は実質、この学園の２番目の権力者になったということ。

　本人は……まったく気づいてなさそうだけど。

　長王院さんの次に権力のある地味ノ瀬に、もう誰も手出しはできない。

　いい気味だ。

　生徒会の奴ら……とくに会長と陸は今頃歯を食いしばってるだろうな。

「やっぱ、命令制度はすごいなぁ。俺もシリウスになって、"全員俺を崇め奉れ！"って命令したいわ～」

「お前は欲まみれなんだよ」

　それに、響がシリウスになれる日は来ない。

　来年もきっと長王院さんだし、再来年は……。

　もしかしたら、その座に座っているのは地味ノ瀬かもしれないな。

　俺だって狙ってるから、負けるつもりはないけど。

「いやいや、普通はそうやろ。自分の欲望一択やで！　それが、まさか天聖さんが花恋のために使うとはなぁ……」

　確かに、その点に関しては俺も今だに驚いている。ていうか、長王院さんを知る人間は全員驚くだろう。

「ていうか、いつから知り合いやったん!?」

「それは……俺も聞きたい。あの長王院さんを、どうやって手玉にとったんだよ」

　ずっと気になっていたことを聞くと、地味ノ瀬が恐縮して首を横に振った。

「て、手玉って……お、お友達になってもらっただけだよ……！」

　お友達、ね……。

「そういうふうには見えへんかったけどなぁ……だって、ただの友達のためにたった１回の命令使うか？」

　響も同じことを思ったのか、口もとがニヤついている。

「天聖さんは命令制度は使わないって言ってたんだ」

　地味ノ瀬は何も知らないみたいだから、教えてあげた。

「そうなの……？」

「ああ。あの人、星制度に否定的やし、シリウスも辞退したがってたんやで。まあ、辞退できへんかったけど」

　響の言う通り、長王院さんは権力を嫌っている。

　だから生徒会を辞退したけど、さすがにシリウスはできなかったらしい。仁さんから聞いた。

　シリウスは絶対的な実力のみで決まるから、辞退制度がないそう。

「そんな人が、ひとりの女のためにって……花恋ほんまに何したん？　どうやって落としたんかくわしく聞かせてや！」

「お、落とす……？」

　こいつ、ほんとに何もわかってないみたいだな。

　命令制度を使うなんて……あんなの、告白されたも同然だろ。

　あの長王院さんの寵愛を受けておいて……鈍感すぎる。

「地味ノ瀬のどこに、長王院さんを魅了するよさが……」

「お前、退学やぞ」

「……」

響のツッコミに、それ以上は口をつぐんだ。

俺だって、退学は嫌だし。

「でも、その……退学って、ちょっと罪が重すぎるよね……」

浮かない表情で、呟いた地味ノ瀬。

「そんなに些細なことでも、アウトなの……？」

不安そうな瞳に、何を気にしてるんだと言いたくなる。

ちょうどいいじゃないか。誰にも文句言われなくなって。

「そうやなぁ。ひと言でも暴言吐いたらアウトや。直接的な接触とかもご法度や」

「そ、そうなんだ……」

地味ノ瀬は困ったように眉の端を下げたあと、何かを決意したように拳を握った。

「じゃあ……私は、悪いことされないように気をつけなきゃ……」

……あー。さっきの言葉、撤回する。

長王院さんがこいつに入れ込む理由、やっぱりわかった。

「ふっ」

響も同じことを思ったのか、笑っている。

「お前、ほんま変わってるなぁ～。俺やったら今まで文句言ってきた奴、片っ端からボロ出させて退学に追い込むわ」

本当にその通りだ。こいつは権力を振りかざすようなことはしないだろうとは思っていたけど……ここまでお人好しだとは。

「そ、そんな……！ 天聖さんがせっかく守ってくれたん

だから……私も正しく、活用させてもらいたいよ」

　誰も退学にしたくないと本気で思っていそうな地味ノ瀬の姿に、俺も笑えた。

「長王院さんが花恋のために使ったの、ちょっとわかる気するわ」

「……？」

「お前はそのままでおってや」

「うん……？」

　全然意味はわかってなさそうだけど、笑顔で頷いた地味ノ瀬。

「俺らは護衛まかされてるから、頑張るわ」

　そうそう、そうだった。

　昨日、長王院さんから地味ノ瀬の護衛をまかされた。

　命令があるから安心といえど、多分俺たちにまかせたのは万が一の保険だろう。

　それに、こいつはきっと何かされても自分から言わないだろうから、命令にそむく奴がいないか見張ってろってことだと思う。

「その……それも、ごめんね、ふたりともサボりたいって言ってたのに……」

　申し訳なさそうに、俺たちを見つめる地味ノ瀬。

　何も変わらないこいつの姿に、安心した。

　正直、俺と響はLOSTの幹部だけど、昨日立場は地味ノ瀬のほうが上になった。

　長王院さんが守れと言った相手だから。

　欲にまみれた普通の奴なら、こき使ったり、少しくらい偉そうな態度をとってくると思うのに……地味ノ瀬は何も変わらない。

　そのことに安心したと同時に、うれしく思った。

　きっとこいつとは何があっても、対等な関係でいられる気がした。

「ええねん。あの長王院さんに命令してもらえたんやから、光栄やわ」

「天聖さんはすごい人なんだね」

「そりゃもう、あの人に憧れへん男はおらん！」

　ま、かく言う俺も例外ではない。

　あそこまで完璧な人がいたら、憧れずにはいられないだろう。

　地味ノ瀬も、あんな人に求愛されたら、きっとそのうち好きになるんだろうな。

　……ズキッ。

　ん？　なんだ今の……。

「俺があの人やったら、カレンでさえも落とせたかもしれへんなぁ〜」

「……え？」

　響の戯言に、地味ノ瀬が首をかしげた。

「アイドルのカレンや」

　確かにな。長王院さんレベルなら、芸能人でも……相手があの"カレン"でも、落とせるかもしれない。

　まあ、あの人が落としたいのは目の前のこいつみたいだ

けど。

「……っ」

　なぜか、地味ノ瀬が一瞬言葉を詰まらせた気がした。

「そ、そっか」

　すぐにいつもの気の抜けた笑顔に戻ったから、気のせい
かと思うことにした。

　そういえば、まだ陸が来てない……。

　あいつ、どんな顔して入ってくるかな。

　想像するだけで、口角が上がった。

7th STAR
ふたり目の仲間

怒り

【side 陸】

　昨日、あの瞬間——。

『花恋に対するいっさいの悪事を禁止する』

　あの女は、この学園の最大の権力をものにした。

　あのあとの教室の空気は、最悪だった。

　久世城さんが教室を出て行き、ほかの生徒会の奴らも顔を青くしながら立ち尽くしていた。

　俺も……せっかくの花恋を消せるチャンスを逃したどころか、手を出せない状況に追い込まれ、絶望した。

　昨日は生徒会活動もせず、おぼつかない足取りで寮に帰った。

　長王院天聖……あいつ、非の打ちどころのない男と言われているが、大欠陥男じゃないか。

　女の趣味が悪すぎる……どうしてあんな女を……。

　いや、それよりも……花恋はどうやって、長王院天聖に取り入ったんだ……。

　あの男は、近寄ってくるものすべてを拒絶する。

　いや……拒絶というより、相手にしない。

　誰にも干渉せず、そして自分も干渉されることを拒んでいる。

　長王院天聖に関わるのは不可能だと言われていたほど、

難攻不落な男だった。

　……はずが、何を血迷って花恋なんかに……。

　あいつに……長王院天聖に命令制度を使わせるほどの魅力があるとは、到底思えない。

　それに、命令制度自体も威力があるが、長王院天聖の後ろ盾があるという事実のほうが脅威だ。

　長王院グループといえば、国内では知らないものはいないほどの大企業。旧財閥のひとつだ。

　すべての分野でトップクラスの業績を残していて、国内の大事業のほとんどに長王院グループが関わっている。

　そこの後継を敵に回そうなんて思う人間は、この学園にいないだろう。

　この学園どころか、"国"ごと敵に回すことになりかねないから。

　朝。サボるわけにはいかず、いつものように生徒会室に来た。

　会長は……いないか。伊波さんも来ていない。

　あんな醜態を晒したあとじゃ……来れないだろうけど。

　会長は俺以上にプライドが高いから、もう来ないかもしれないな。

　いつもの生徒会の空気とは違い、どんよりと重い空気が流れていた。

　誰も言葉を発さず、これからやって来る"脅威"に怯えている。

そして——扉が開き、花恋が現れた。

さあ……こいつは何を言うんだ？

俺たちに……何を命令するんだろう。

正直、今の俺たちにこいつの命令に逆らう力はない。

それが……死ぬほど悔しかった。

「……お、おはようございます……！」

長王院天聖の後ろ盾を得て、偉そうに何か言ってくるかと思えば、いつも通り挨拶をした花恋。

ほかの奴らも、予想外の花恋の態度に驚いている。

きっと今までの行いを長王院天聖に告げ口され、退学に追い込まれるんじゃないかと恐れていた奴らもいただろうから、なおさら。

「お、おはようございます……」

「おはようございます」

無視するわけにはいかず、口々に返事をしている。

俺は……頑なに返事をしなかった。

別に、挨拶を返さないくらい、許されるだろう。

誰が言ってないかなんて、わからないだろうし。

「あの、私の仕事はありますか……？」

別に……仕事なんてせず、サボっていればいいものを。

こいつ、何いい子ぶってるんだ……？

どうせ心の中で俺たちのことを、あざ笑っているくせにっ……。

「こ、これを、お願いします……」

昨日まで偉そうに指示をしていた奴が、萎縮しながらす

ぐに終わるくらいの分量の仕事を渡した。

　花恋はそれを受け取り、自分の席につき何事もなかった
かのように仕事をしている。

　いっそ……暴言を吐かれたほうがマシだった。

　何も言わないこいつに、苛立って仕方がなかった。

「あの、ほかに仕事は……」

　もう終わったのか、追加の仕事を求めている花恋。

　今まで山積みの仕事を押しつけていたから、あんな量の
仕事は容易かっただろう。

「い、いえ……もう今日の仕事はありませんから、教室に
戻っていただいてかまいません……！」

「そ、そうですか……ありがとうございます……！」

　花恋は物足りなさそうにしながらも、生徒会室を出て
行った。

「……ちっ……」

　耐えきれなかったのか、いつも指示をしていた奴が舌打
ちをした。

「どうして、こんなことに……」

　こいつ……よくそんなことが言えるな。

　密告されたらどうするんだ。

　些細な言葉でも、何が『悪事』になるのかはわからない
以上、俺たちは我慢するしかない。

「言っておくが、生徒会が長王院天聖に目をつけられたの
はお前のせいだからな」

　ひとりの役員が、いつも花恋に指示をしている役員にそう言い放った。

「なっ……どうして俺が……」

「そ、そうだぞ。一ノ瀬……さんに、命令をしていたのは主にお前だからな。いつも山のように仕事を押しつけていたのも」

　口々に、ヘイトが向けられる。

「ちが……それは、全員で……」

「そうそう、主犯はお前だ」

「俺の家、長王院家の傘下なんだぞ。お前のせいで経営が傾いたらどう責任をとってくれるんだ？」

　……あー……なんだこの空気。

　死ぬほど鬱陶しい……。

「どうして、俺だけが……」

　青ざめている役員。俺は耐えきれず、立ち上がった。

「……アホらし」

　どいつもこいつも……バカばかりだ。

　権力を前に、子鹿みたいにビビって……生徒会の誇りはないのか。情けないことこの上ない。

　俺は荷物をまとめ、生徒会室を出た。

　花恋のいる教室には極力戻りたくなかったため、いつもひとりで使っている空き教室で時間を潰した。

　HR（ホームルーム）が始まる時間が近づき、仕方なく教室に向かう。

　……ああ、どうしてこうなったんだ。

　俺の学園生活は……順風満帆（じゅんぷうまんぱん）だったはずなのに。

　教室に入ると、空気が違うことがすぐにわかった。

　みんなが、助けを求めるように俺を見ている。

　俺なら、花恋に対抗できるとでも、思っているのかもしれない。

　まるで……俺だけが花恋に嫌がらせしていたみたいだ。

　うざったい空気に吐き気を感じながら、自分の席につく。

「……よー、おはよう陸」

「……」

　絡んでくることは想像ができたが、案の定、響が俺に声をかけてくる。

「なんや？　今日は毎日恒例の嫌味は言ってけえへんの？」

「……」

　……黙れ……。

「やめろよ響。生徒会のお坊ちゃんたちはルールを重んじるんだから、退学になるわけにはいかないだろ」

「……お前たち、黙ってくれない？」

　俺を……バカにするな。

「お前"たち"って？」

　にやりと口角を上げて、聞いてくる響。

「響と蛍だよ」

「へー、花恋は入ってへんのか〜。いつもは"3人"って言うのに」

　……ちっ……。

「命令制度にビビって、結局なんもできんくなるとか……

やっぱお前ダッサいわ」

　黙れ……喋るな……。

　俺を、見るなッ……。

　そう、叫んでしまいたくなった。

「ひ、響くん、これ以上は……」

　俺をからかってくる響を、花恋が止めた。

　その行動すらも、俺を苛立たせる。

　お前は、悲劇のヒロインにでもなったつもりなのか……。

「今までさんざん言われたんやから、ちょっとくらいやり
返したったらいいのに」

　響の言う通り、そうされたほうがまだマシだったかもし
れない。

　花恋にかばわれたことで、俺の惨めさが際立った。

　ああもう、今すぐここから消えてしまいたい。

　こいつのせいで……俺の生活は台無しだ。

　教室にいる苦痛の時間に耐え、ようやく休み時間になっ
た。すぐに、俺は教室を出て自室と化している空き教室に
向かった。

　中に入り、近くにあった瓶を手に取る。それを、力いっ
ぱい振り下ろした。

　──ガシャンッ!!!

「はぁ、はあ……」

　粉々になったガラスの破片が、床に散らばる。

　破片のひとつが手に飛んできて、切れた箇所から血が溢

れた。

「あの女……」

　今すぐ、消えればいいのに……っ。

　あいつさえいなければ……。

　そう願っても、命令制度と長王院天聖の後ろ盾がある以上、何もできない。

　俺の実家だって、長王院グループと繋がっている。下手に長王院天聖の機嫌をそこねれば、父の立場も危うくなる。

　何もできないことへの怒りを、どこにぶつけていいのかわからなかった。

充希さん

「は〜、やっと昼休みや……」

　４限目の授業が終わり、響くんがうんっと伸びをした。

　お腹空いたっ……。今日は何食べようかなぁ。

　お昼ご飯のことで頭がいっぱいになっていると、隣の陸くんが立ち上がった。

　何も言わず、教室を出て行った陸くん。

　陸くん……。

　私は出て行く陸くんを、目で追うことしかできない。

　今朝から……ずっとあんな感じだった。

　休み時間になるたびに教室を出て行き、チャイムが鳴るギリギリに戻ってくる。

　文句は言われなくなったけれど、まるで生気を失ったようにずっとうつむき、気配を消している陸くんのことが、心配だった。

　……なんて、私に心配されるのは、陸くんにとったら嫌だよね……。

　でも……陸くんと仲直りすることは……できないのかな……。

「なんやあいつ、子どもやなぁ」

　陸くんが出て行った方向を見ながら、響くんがため息をついた。

　私が……陸くんを、この教室にいづらくしてしまった。

　初めて話しかけてくれた時のことを思い出す。

『俺も生徒会の役員なんだ。これからよろしくね』

　最初から、どこか怖い部分はあったけど……それでも優しいところだってきっとあるはずだ。

　陸くんとずっとこのままなんて……嫌だな……。

「花恋、何しんみりしてんねん」

「あっ……う、ううん！」

「よし！　溜まり場行くか！」

「え？」

　今から……？　溜まり場って、LOSTのだよね？

「あ、そうや、言ってなかったな。長王院さんから頼まれてるねん！　昼飯の時に花恋連れてくるようにって」

「そうだったのっ……？」

「溜まり場やったら静かに食えるし、あの人の気遣いやろ」

　響くんの言葉に、胸の奥が温かくなった。

「そっか……」

　天聖さん……そんなことまで考えてくれて……。

「長王院さんと飯食えるとか、いいなぁ〜」

　天聖さんとも一緒にお昼ご飯を食べられるのは、純粋にうれしい。

　ただ……。

「でも、私、食堂でご飯買わなきゃ……！」

　お弁当持ってきてないし、タダだから、食堂で食べる気満々だった。

「ああ、宅配してもらえるから電話し」

「えっ……！」

　た、宅配!?　そういえば、陸くんが届けてもらえるって
言ってたような……。

「メニューもネットで見れるから。ほら」

　響くんが、スマホの画面を見せてくれた。

　そこには、【星ノ望学園食堂メニュー】と書かれていて、
今日のメニュー表が並んでいる。

「す、すごいね……」

　せ、先進的っ……！

「こんなん今時普通やろ」

　最近慣れてきたつもりだったけど、星ノ望学園の常識に
はやっぱりまだまだ慣れそうにない。

「花恋連れてきました〜」

　メニューを注文して、響くんと蛍くんと一緒に溜まり場
に来た。

　今日はステーキ定食大盛りを注文した。ずっと頼んでみ
たかったから、楽しみっ……！

　扉を開けて中に入ると、仁さんと大河さん……そして、
天聖さんの姿が。

「こんにちは……！」

　みんな、愛想よく挨拶を返してくれる。

「花恋、こっちだ」

　天聖さんに手招きされ、隣に座った。

「大丈夫か？　今日は何もされてないか？」

「はい……！　天聖さんのおかげで、今日はすごく平和な
１日でした……！」

「そうか。ならよかった」

　安心したように、私の頭を撫でてくれる天聖さん。

　なんだか撫でられるのも当たり前みたいになったけど、
くすぐったいなっ……。

　照れくさくて、えへへと笑う。

「うーわ……急に空気が甘くなった」

「天聖、そういうのはふたりの時にしろ」

「……あ？」

　にさんと大河さんに指摘され、天聖さんが不機嫌そうな顔
をした。

「それじゃあ、俺たちは失礼します！」

　え……？

　元気よくそう言った響くんに、首をかしげる。

「失礼しました」

　蛍くんまで……。

「ふたりとも、どこに行くの……？」

　ふたりは、一緒に食べないの……？

「昨日も言ったけど、ここは基本トップ４の部屋やねん」

　あっ……そういえば……。

　当たり前のように、みんなで食べるんだと思っていた。

　いつもふたりが一緒に食べてくれていたから、ふたりと
一緒に食べられないことに寂しさを感じた。

「そっか……」

　ふたりはダメで、私はここで食べさせてもらうなんて
……引け目を感じてしまう。
「……お前たちもここで食べろ」
　天聖さんが、ふたりに向かってそう言った。
　驚いて、天聖さんのほうを見る。
「え……いいんっすか!?」
　響くんと蛍くんも、驚いた表情で天聖さんのことを見つ
めていた。
「お前たちがいたほうが、花恋も居心地がいいだろ」
　天聖さんっ……。
「ありがとうございます……！」
　うれしくって、天聖さんを見たままだらしなく頬が緩ん
でしまった。
「望みがあるなら、全部言え」
　いつものように、そっと頭を撫でてくれる天聖さん。
「はい」
「言ったそばから甘いよ大河……」
「ああ……もう慣れるしかないな……」
　温かく見守るような視線を私たちに向けている仁さんと
大河さん。
「天聖さん、ありがとうございますっす！　俺たちもごー
緒させてもらいます！」
「ありがとうございます」
　ふたりは頭を下げ、扉を閉めて中に入った。
「うわ〜、恐縮っすよ〜。花恋、ありがとうなぁ」

「でも……長王院さん花恋に甘すぎませんか……」

「蛍、突っ込まないほうがいいよ」

　ぼそりと何か言った蛍くんが、仁さんに諭されている。

　私はみんなで食べられるのがうれしくて、すっかり緩んだ顔のまま。

　──コン、コン、コン。

「ステーキ定食大盛り３つ、お持ちしました」

　ちょうど学食が運ばれてきて、響くんが代わりに受け取ってくれる。

「ん？　３つってどういうこと？」

「……ああ、こいつ大食いなんですよ、仁さん」

「え……花恋も定食大盛り!?」

　大盛りって……そんなに珍しいのかな……？

「はいっ」

「そ、そっか……いや、いっぱい食べるのはいいことだけど、うちの食堂の大盛り、結構量多いよ？」

「いやいや、こいついっつも大盛り平らげてますから」

「たまにデザートも食べてます」

「う、嘘……すごいね……」

　褒められたことがうれしくて、笑顔を返した。

「えへへ」

「いや、褒めてるわけちゃうからな？」

　響くんのツッコミと同時に、再び扉が開く音がした。

　入ってきた人物に、驚いて顔を上げる。

「あ、充希さん……お疲れ様っす！」

　昨日の人……。

　彼は私を見て、顔を歪めた。

「……」

　何も言わず、溜まり場を出て行ってしまう。

　あっ……行っちゃった……。

　やっぱり、私がいたからだよね……。

「ごめんね花恋、あいつ難しい奴で」

「放っておけばいい」

　仁さんと大河さんはそう言ってくれたけど、罪悪感は消えなかった。

「……なんだか、すみません……」

「気にするな。あいつはあとで締めておく」

「えっ……!?　そ、そんな必要ありません……！」

　締めるなんて……悪いのは、私のほうだ。

　私が……彼の居場所を奪ってしまったのかもしれない……。

　私のせいで……と思ったけど、それを口にするのは卑怯な気がした。

　そんなことを言っても、皆さんに気を使わせてしまうだけだし、こんなによくしてもらっておいて、悲劇のヒロインぶるようなことはしたくない。

　どうにかして……彼と、わかりあえないかな……。

「花恋、早よ食べや。冷めるで！」

「う、うん！」

　私は笑顔で返事をして、定食を食べた。

舌打ち先輩

　お昼ご飯を食べて、響くんと蛍くんと教室に戻る。

　その途中、充希さんについて聞いてみた。

「あの、充希さんって人は、いつもはあの部屋で食べてるの？」

「あー、いっつもってわけちゃうと思うけど。あの人気分屋っていうか、LOSTの人らともあんま仲良くないしなぁ」

「でもまあ、たまにはあの部屋で食べてるんじゃない？」

　そっか……。

　仁さんと大河さんもそんなこと言ってたけど……。

　彼は、みんなと仲良くしたいように見えたけどな……。

「充希さんは、LOSTのトップ4やから」

「そ、そうなんだ……！」

　トップ4って……すごい人なんだなぁ……！

　って、あの部屋に入れるのはすごい人だけって言ってたもんね……。

「そういや、花恋はLOSTの序列も知らんのやったな。俺が教えといたるわ！」

　ありがたい響くんの発言に、大きく頷く。

「えー、まず、花恋も知ってる通り、総長が長王院さん。副総長が仁さん。次に偉いのが大河さんで、そのまた次が充希さんや」

　その4人が、LOSTのトップ4ってことか……。

「大河さんと充希さんと、俺と蛍が幹部ってやつやな」

　響くんも蛍くんもすごい……！

「ただ、俺たちも幹部やけど、２年とは大差があるから、同じくくりにはならんかも」

「１年生なのに幹部って、すごいね」

　素直な感想を述べれば、響くんがうれしそうに笑った。

「長王院さんに気に入られてる花恋に比べたら全然や」

　わしゃわしゃと頭を撫でられ、「わっ」と片目をつむる。

　あんまり強く撫でられたら、ウイッグが取れちゃいそうっ……！

　それに……。

「き、気に入られてるわけじゃ……」

　長王院さんはただ、友達だから助けてくれてるんだと思うけど……。

「……なんか、長王院さんに同情するわ……」

「……？」

　呆れた表情のふたりに、私は首をかしげた。

　５限目と６限目が終わって、あっという間に放課後になった。

　よし、生徒会の時間だ……。

　放課後は……正道くんと伊波さん、いるかな……。

　少し不安になりながらも、教室を出るため立ち上がる。

「響くん、蛍くん、バイバイ」

　ふたりに手を振って、生徒会室に向かった。

　はぁ……緊張する……。

　生徒会室の扉の前で、いつものように深呼吸。

　陸くんはＨＲ（ホームルーム）が終わるなり出て行ったから、もう中にいるはず。

　正道くんと伊波さんが来ていたら、正直少し気まずいけど……でも、ずっと避け続けることなんてできないもん。

　向き合わなきゃ……。

　──ガチャッ。

「お、お疲れ様です」

　扉を開いて、大きな声で挨拶した。

　……あれ？

「お疲れ様です……！」

「お、お疲れ様です……！」

　次々と、挨拶を返してくれる役員さんたち。

　でも、その中にふたりの姿はなかった。

　正道くんと伊波さん、今日は学校に来てないのかな……？

　少しだけ、いないことにほっとしてしまった。

　自分の席に向かい、早速仕事をしようと活（かつ）を入れる。

　仕事で認めてもらうんだ……！

　そう思った時、私はあることに気づいた。

　あれ……？

　舌打ち先輩……私にいつも指示をくれていた先輩の机に、山積みの資料が。

「おい武蔵（むさし）、これも」

　武蔵とは、舌打ち先輩の名前。ほかの役員さんが、ただ

でさえ資料だらけの舌打ち先輩の机に、さらに資料を積み
上げた。

　な、何これ……。

　どうして……まるで、昨日までの私みたいな状態……。

　舌打ち先輩は、生徒会の中でも権力がある人だと認識し
ていた。

　見た目も、正道くんが言う生徒会の「華やかさ」を兼ね
備えている人。

　ハーフのような顔立ち。身長は高く、すらりとしたスタ
イル。いつも綺麗に手入れされている薄いピンクベージュ
の髪をなびかせ、堂々としたたたずまい。

　いつだってみんなに囲まれていたし、正道くんがいない
時は、陸くんと生徒会を仕切っていた。

　それなのに……今は孤立しているみたい。

　ほかの役員さんたちは、山積みになっている先輩の机を
見て、笑っている。

「あ、あの……」

　私はそっと、舌打ち先輩に近づいた。

「私も、手伝います」

「へ、平気です。俺ひとりでやりますから」

　拒絶するように、そう言った舌打ち先輩。

「でも……」

　この量をひとりで担当するのは、無理が……。

「へ、平気だって言ってる」

　舌打ち先輩が、大きな声を上げた。

　驚いて1歩後ずさった私を見て、「しまった」とでも言いたげな顔をしている先輩。

「いや、今のは……」

「おい、何一ノ瀬さんに暴言吐いてるんだよ」

　え……？

　ほかの役員さんが、舌打ち先輩に向かって不満気にそう言った。

　今の、別に暴言ではないと思うっ……。

「いや、暴言では……」

　舌打ち先輩も困惑しているのか、一筋の冷や汗が頬を伝っている。

「一ノ瀬さん、こいつのことは放っておいていいですよ」

「そうそう、一ノ瀬さんのこと、いじめようとした元凶なんですから」

　まるで、私をかばうようにしてそんな言葉をかけてくる役員さんたち。

　私はそんな役員さんたちが、怖く見えた。

　何、この状況……。おかしい……。

「……っ」

　舌打ち先輩が、顔を真っ青にして生徒会室を飛び出して行った。

「あっ……待ってください……！」

　私は出て行った先輩を、急いで追いかけた。

　こんなの……間違ってる。

　私への嫌がらせが、なくなったんじゃない。矛先が、舌
打ち先輩に向いただけだ。

「待って……！」

　逃げる舌打ち先輩を、ひたすら追いかける。

　旧棟が近づき、人通りがなくなった頃、ようやく先輩に
追いついた。

　がしりと、先輩の腕を掴む。

「舌打ち先輩、待ってください……」

「舌打ち先輩……？」

「あっ……ち、違います。あの……大丈夫、ですか？」

　しまった……い、いつもの名前で呼んじゃったっ……。

　慌ててごまかし、先輩の顔を覗き込む。

　先輩はじっとうつむいたまま、何も言わない。

「……大丈夫じゃないわよ！」

　……と思ったら、急に叫び出した。

　わ、わよ？

　いつもとは違う話し方……というか口調に、驚いて目を
見開く。

「もう……あんたのせいでぜんっぶ台無し……」

　あ、あれ……？

　えっと、こっちが本当の先輩の感じなのかな……？

　完全に女性の口調になって話し出した先輩。それについ
てはもう、気にしないことにする。

　先輩は両手で顔を覆いながら、その場にしゃがみ込んだ。

「せっかくFSになって、成績維持するために死ぬ気で頑

張って、このままFS生として順当に卒業する予定だった
のに……」

　先輩……。

「全部……あんたのせいよっ……あたし……血の滲むよう
な努力でFSになったのに……」

　悲痛な叫びに、胸が痛む。

　先輩が今までどれだけ努力してきたのかが……伝わって
きたから。

「もう、どうでもいいの……退学にでもなんでもすればい
いわ……」

　投げやりになっている先輩。私はそっと隣にしゃがみ込
んで、口を開いた。

「ごめんなさい」

　きっと、先輩が一生懸命作り上げてきた環境を……私が
奪ってしまった。

　そのことに対しては、謝らずにはいられなかった。

「……なんで、あんたが謝るのよ……」

　顔を上げた先輩は、苦しそうに下唇を噛み締めていた。

「悪いのはあたしでしょ……自分でも、わかってるのよ
……自業自得なことくらい……」

　私を見ながら、先輩は眉を八の字に垂れ下げている。

「でも、あいつらだって一緒にあんたのこといじめてたじゃ
ない……それなのに……長王院天聖に怯えて、全部あたし
に罪をなすりつけようとして……」

　あ……そういうことだったんだ……。

　だからみんな、標的を私から舌打ち先輩に変えたんだ……。

　腑に落ちたけど、それでも理解はできない。

　そんなことをしていたら……結局、生徒会から嫌がらせはなくならないもの……。

「あんたが権力を手にした途端、手のひら返し……どうしてあたしだけ……」

　悔しそうに、顔を歪めている舌打ち先輩。

　どうしよう……このままじゃ、先輩が標的に……。

　……あっ。

　私はあることを思いついて、ぱあっと顔を明るくした。

「あの、仲直りしませんか……？」

「……は？」

　私の提案に、先輩が意味がわからないとでも言いたげな顔をしている。

「先輩、私と友達になってください」

救いの手

【side 誠】

「先輩、私と友達になってください」

　満面の笑顔で、そう言った目の前の編入生……一ノ瀬。

「何、言ってるの……？」

　どうしてこいつがあたしにこんな笑顔を向けるのか、まったくわからない。

　だって……あたしは昨日まで、こいつのことをコテンパンにいじめていたんだから。

　こいつが、目障りで仕方がなかったから。

　だって、こんな地味な見た目で、しかも編入早々生徒会に入ったことが許せなかった。

　あたしは、本来の自分を押し殺して、優等生を演じて、毎日一生懸命勉学に励んで……そうしてやっと、FSになれたのに。

　ほかの役員だって、みんな血の滲むような努力をして、やっとの思いでFSの座を手にした。

　だからみんな……いとも簡単にFのバッジを手に入れたこいつに、腹が立って仕方がなかった。

　それに、会長も陸さんも、こいつのことを嫌っていたから……ふたりからの信頼を得るためにも編入生に嫌がらせをした。

　山ほど仕事を押しつけて、嫌なあだ名をつけて呼んだり、

転けさせたり……。

　そんな嫌がらせを、ずっとしてきたのに……あたしなんかと、友達に？

「……あたしのこと、退学にしないの……？」

　その言葉に、編入生は焦った様子で首を左右に振った。

「そんなことしません……！　私は別に、誰かが退学になることなんて望んでないです」

　正直、あたしはどっちみち退学になるものだと覚悟していた。

　こいつは一番あたしを恨んでいると思っていたし、何よりこいつが長王院天聖の恋人なら、告げ口すれば一発で退学処分にさせられるはず。

　それなのに……。

「考えたんですけど、本当に私に権力があるなら……私と友達になれば、生徒会の人たちも先輩に悪さできませんよね？」

　あたしへの嫌がらせを止めるために、友達になるっていうの……？

　あんたをいじめた、あたしなんかのために……？

「あんた……バカなの……？」

　お人好しなんかじゃ片づけられない。

　いい奴すぎて信用できないくらい。

　普通……やり返すでしょ……。

「あたしに何されてきたか……忘れたの……？」

　あんた……泣いてたじゃない。

　本音を言えば、会長の髪を切れっていう命令は、やりす
ぎだと思った。

　女兄弟に囲まれて育ったから、髪は女の命だと理解して
るつもり。

　あんな面前のど真ん中で晒し者のように囲まれて、さぞ
トラウマになったと思う。

　あんなことされたら、誰だって復讐心が芽生えるはずな
のに……。

「はい。もう忘れます。先輩が友達になってくれるなら」

　こいつはいとも簡単にあたしを許し、気の抜けるような
笑顔を浮かべた。

　……っ。

　こんな人間に、今まで出会ったことがなかった。

　あたしもそうだけど、人間なんてみんな、自分が一番可
愛い。

　自分の利益のためなら他人を蹴落とすことも厭わない
し、生徒会なんてなおさら弱肉強食の世界。

　表向きはみんな仲良くふるまっているけど、腹の底では
値踏みし合っている。

　人間なんて、みんな自分さえよければいいって……いつ
だって簡単に裏切る生き物だって思ってた。

　そんな私にとって——目の前の編入生の笑顔が、まぶし
すぎた。

「なんなのよあんた……」

　自分のこれまでの行いを、深く反省した。

　こんなまっすぐで、利他的な生き方をしている子に……なんてことをしたんだろう。

「あたし……バカみたいじゃない……」

　自分の愚かさに、悔しくて涙が止まらなくなった。

「せ、先輩……!?　な、泣かないでください……」

　どうしてあたしなんかの心配……あんた、ほんとに変。

　おかしくて……バカで……優しすぎる……。

「ごめんなさい……今まで、あんたにひどいことばっかりして……っ」

　意地っ張りな自分から、いとも簡単に謝罪の言葉が出たことに驚いた。

　編入生の優しさを前にして、謝らずにはいられなかった。

「怒ってないので、もう謝らないでください」

　なんで、怒らないの……。

「私も……生徒会の人たちの日常を、奪ってしまってごめんなさい……」

　怒らないところか、謝っている編入生。

「ほんとバカ。あんたみたいなお人好し、見たことないわ」

　こんな人間がいるなんて、思わなかった。

「いいの……?　あたしなんかが、あんたの友達になって……」

「もちろん……!　先輩が友達になってくれたら、うれしいですっ……!」

　あれだけ自分に嫌がらせをしていた相手と、友達になれるなんて別の意味でこの子の神経を疑う。

　変な壺とか買わされそうなタイプ。ここまで人を疑うことを知らないで、よく今まで無事で生きてこれたわね。

　心配になってくるレベルよ……。

　……だから……。

「約束するわ……もう、あんたにひどいことしないって」

　これからは……できる限り、あたしが守ってあげたい。

　そう、思わずにはいられなかった。

「友達になって……あたしからお願いするわ」

　編入生が長王院天聖の恋人だからとか、そんなこと関係なく、どうしてもこの子と友達になりたい。

　今までずっと、心から信頼できる友人なんていなかったけれど……この子のことなら、信頼できる気がした。

「ふふっ、はいっ」

　これでもかというくらい、うれしそうに笑う編入生。

　相変わらず地味で、女っ気もないのに……どうしようもなく可愛く見えた。

「……バカな子」

　この子はあたしを守るために、友達になってくれると言った。

　でも……今後、生徒会で何があっても──あたしがこの子を守ってみせる。

　この恩は、一生をかけて返すわ。

「あっ、そういえば仕事の途中でしたね！　早く戻りましょう舌打ち先輩！」

　編入生が、笑顔で立ち上がった。

「……ねえ、さっきも思ったんだけど、その呼び方なんなの……？」

　舌打ち先輩って……その不名誉すぎるあだ名は何？

「あ……ご、ごめんなさい、先輩舌打ちばっかりしてたから……」

　苦笑いを浮かべている編入生に、ため息をついた。

　ああダメ、今度はため息先輩って呼ばれかねないわ。

「あたしの名前は武蔵誠よ。ちなみに、名字はむさ苦しくて嫌だから、名前で呼びなさい。まあ……名前も男らしくて嫌いだけど」

　華やかなあたしには、似合わない名前。

　もっと可愛くて、美しい名前がよかったわ……親を恨んではいないけど。

「じゃあ、まこ先輩ってどうですか？」

「……いいわね、それ可愛い」

　そんな可愛いあだ名をつけられたのは初めてで、気分がよくなった。

「じゃああたしは……花恋って呼ぶわ。いい名前だし」

　美しくて、華やかな名前。交換してほしいくらい。

　こいつには不釣り合いだって思ってたけど……今思えば、あんたにぴったりね。

　あんたの心は、誰よりも綺麗よ。

「ありがとうございますっ……」

　うれしそうに笑った花恋の笑顔を、また可愛いなんて思ってしまう。

「先輩は、可愛いのが好きですか？」

「そうね。女兄弟に囲まれてたから、本当の口調もこっち」

「ふふっ、なんだかお姉ちゃんができたみたいでうれしいです」

　お姉ちゃん……。ちょっと心外。

「言っておくけど、心は男よ。恋愛対象だって、女なんだから」

　別に女になりたいわけじゃないし、この口調のほうが、あたしらしいってだけだから。

　この口調だって、家族以外の前で出したことはなかった。

　さっきは思わず自暴自棄になって素が出たけど……この子の前で出してよかった。

「そうなんですね」

　普通ならいろいろと根掘り葉掘り聞かれるところだと思うのに、花恋はそれだけ言って微笑む。

　まったく偏見のない純粋な瞳に、初めて自分自身を認めてもらえた気がした。

　それにしても……他人事みたいな返事。自分が"恋愛対象"になるなんて、気づいてもなさそう。

「戻りましょっか、まこ先輩」

「ええ」

　あたしは花恋と並んで、生徒会室に向かった。

　うれしそうな横顔を、これからそばで守っていくと、心に誓って――。

ドキドキ？

　まこ先輩と、お友達になった。

　先輩は私のことを許してくれて、今までのことも謝って
くれた。

　これで……まこ先輩が、嫌がらせされることもなくなる
といいな……。

　生徒会から、いじめがなくなりますように……。

　そう祈りながら、ふたりで生徒会室に向かう。

「はぁ……憂鬱だわ、生徒会室に戻るの」

　ため息をつき、不安そうにしているまこ先輩。

「大丈夫ですよ……！」

　私は先輩を安心させたくて、ガッツポーズをした。

「そうね……あんたがいてくれるみたいだし」

　わ、私？　私なんて、頼もしくもなんともないと思うけ
ど……。

「私でよければ、ずっといます」

　それで、先輩が安心できるなら。

　そう思い笑顔を向けると、なぜかまこ先輩はバツが悪そ
うな顔になった。

「……そういうこと、気安く言うのはやめなさい」

「え？」

「鈍感……まあいいわ。ちなみに、生徒会室に入ったらあ
たし、今まで通りふるまうから。この口調のことは内緒よ」

「えへへ、はいっ」

「どうしてうれしそうなのよ」

　顔に出ていたのか、私を見て眉間にしわを寄せているまこ先輩。

「秘密の共有って、なんだかうれしくて」

　内緒って、すごく友達っぽい。

　今まで、生徒会で友達は伊波さんだけだったし、こういう些細なことにうれしさを感じた。

　まこ先輩がお友達になってくれたおかげで、生徒会での生活も楽しくなりそうっ……。

「あんたね……」

　微笑んだ私を見て、なぜか眉間のしわを深くした先輩。

　あ、あれ……？　私、何か嫌なこと言っちゃったかなっ……？

「……こんな地味な子にときめくなんて、あたしおかしくなったのかしら……」

「先輩？」

　ぼそぼそ呟いている先輩の顔を覗き込むと、こほんと咳払いされた。

「……今度、あんたの見た目をどうにかしてあげるわ。あたしが綺麗にしてあげる」

　ええっ……！

　そ、そんな……髪の毛とか触られたら、変装がバレちゃうっ……メガネも取れないし……。

「そ、それは遠慮したいです……」

「どうしてよ！　あたしが直々に綺麗にしてあげるって
言ってるんだから、快く受けなさい！」

　圧がすごい先輩に、苦笑いを返した。

　……よし。

　生徒会室の前まで来て、深呼吸をする。

「は、入りましょうか……！」

「ふっ、あんたのほうが緊張してるじゃない」

　私を見て、まこ先輩がおかしそうに笑う。

　恥ずかしくなって、顔が熱くなった。

　うっ……た、確かに、大丈夫とか言っておいて、私のほ
うが緊張してるっ……。

「なんなのよ、可愛いわね」

「え？」

「……っ、なんでもないわ」

　先輩はそう言って、扉に手をかざした。

「ほら、あたしが先に入るわ」

　扉を押し、中に入っていくまこ先輩。

　なんだかその背中が、頼もしく見えた。

「お、お疲れ様です……」

　まこ先輩の後をついていき、挨拶をしながら席に向かう。

　みんな、一緒に戻ってきた私たちを驚いた顔で見ていた。

　よ、よし、休憩した分お仕事しよう。

　とりあえず、仕事をもらうためまこ先輩のもとに。

　まこ先輩の机に積まれている資料は、さっきよりも増え

ていた。

　うわ……こんなの、ひとりで終わるはずないのに……。

　こんなことをする役員さんたちに、胸が痛む。

　本当は、みんなで自分の仕事をしましょうって提案したいけど、天聖さんの恋人っていうことになっているなら、私がその発言をすれば……脅しになってしまいそう。

　私が言えば、ほかの人たちは拒否できないってわかっている以上、命令するようなことはしたくない。

　それに、天聖さんの後ろ盾がなかったら、私はただの一役員。そんな立場で、偉そうにものを言うのは違うと思ったから。

　とりあえず……。

「まこ先輩、私も手伝います！」

　私は私のできる範囲で、協力しよう。

「いや、大丈夫。このくらいひとりでやってみせる」

　言っていた通り、口調が戻っているまこ先輩。

　素のまこ先輩は、ふたりの時にしか見せてもらえないのかもしれない。

「私の今日のお仕事がないので、お願いしますっ……」

「なら……できる分だけ、頼む」

　頼み込むと、まこ先輩が首を縦に振ってくれた。

　よかった。

「ありがとうございます……！」

　笑顔で、ひと山資料を持つ。

「そ、そんなに？」

「え?　このくらいできますよ」

「いや、結構な量だぞそれ」

　心配してくれているのか、私は焦っているまこ先輩を見て微笑んだ。

「まこ先輩に鍛えられてたので、平気です」

　ふふっ、毎日仕事を押しつけられていたから、処理するスピードも上がっている。

　だから、このくらいどうってことない。

「……花恋、やっぱり恨んでるな……」

「ふふっ」

　じっと、文句を言いたげな顔で私を見ているまこ先輩に、笑みが溢れた。

「……ま、ひとまずありがとう。助かる」

「いえ。終わったらまた言いますね!」

　私は資料を持って、自分の席に戻った。

「あのふたり……」

「おい、やっぱり武蔵に手を出すのは……」

　こそこそと、ほかの役員さんたちが何か言っているのが聞こえた。

　その様子を見ていると、立ち上がってぞろぞろとまこ先輩のもとへ歩み寄ってきた役員さんたち。

「お、俺たちも、自分でするよ……」

「あ、ああ、お前ばかりに押しつけて、悪かったな……」

　先輩に謝って、自分たちの分の仕事を取って席に戻っていく役員さんたちに、ほっと胸を撫でおろした。

　よかったっ……。

　まこ先輩も、安心したのか少しだけ口もとが緩んでいる気がする。

　まこ先輩への嫌がらせ、これでなくなるといいな……。

　安心してまこ先輩を見ていると、先輩も私のほうを見た。

　よかったですねという意味を込めて、ウインクをする。

　って、あ……癖で、ウインクなんてしちゃった……は、恥ずかしい……。

　いつもファンサービスでしていた癖が、こんなところで出てしまった。

　先輩にも笑われるかも……と思ったけど、先輩は驚いた顔をしていたものの、笑ってはいなかった。

「……っ」

　それどころか、なんだか顔が赤くなったように見える。

　まこ先輩、風邪……？

「先輩……体調悪いんですか？」

「ど、どうして!?」

「どうしてって、顔が赤いから……」

「な、なんでもない！」

「そうですか……？」

　体調が悪くないわけならいいやと安心し、席に戻って仕事を開始した。

　18時前になり、仕事も全部片づいた。

　結局、最後まで正道くんと伊波さんが現れることはな

かった。

　もしかして……私に会いたくないから、来ないのかな……？

　そう思うと、複雑な気持ちになった。

「花恋、もう帰っていいぞ」

　後ろを通ったまこ先輩が、そう言ってくれた。

「はい……！　まこ先輩はまだ帰らないんですか？」

「俺ももう帰る。……一緒に出るか？」

　控えめに聞いてきた先輩が、なんだか可愛い。

「はいっ」

　私は笑顔で返事をして、後片づけをした。

　天聖さんに、メッセージ送っておこう……！

　【今日はもう終わったので、早く帰れそうです！】と打ち込み、連絡を入れた。

　まこ先輩と、生徒会室を出る。

「はぁ……なんか疲れたわ」

　あ……口調、戻ってる。

「そういえば、あんた寮生じゃないのよね？」

「はい。いつも昇降口のところでお友達と待ち合わせして、一緒に帰ってます」

「なら、昇降口まで一緒に行きましょうか」

　大きく頷いて、先輩と廊下を歩く。

「花恋」

「はい？」

「……今日はありがと」

「え……？」

　突然お礼を言ってきた先輩に、驚いて視線を向ける。

「あんたのおかげで、あれからほかの奴らに何も言われな
かったし……助かったわ」

　まこ先輩は私から顔を隠すように、視線を外している。

　でも、髪から覗く耳が、赤くなっていることに気づいた。

　ふふっ……まこ先輩、今日、友達になったばかりだけ
ど……可愛い人だなぁ。

「私のほうこそ、ありがとうございます」

「……何がよ？」

「友達になってくれて」

　今日は、生徒会活動が楽しかった。

　それはきっと、まこ先輩が仲良くしてくれたから。

　休憩中に無駄話をしたり、わからないことを教えても
らったり……すごく楽しい時間だった。

「……あんた、ほんとバカじゃない」

「ば、バカって……」

　先輩に貶され、肩を落とす。

「……あんたはバカなままでいなさい」

　……え？

　い、いいの……？

　まこ先輩のバカは……褒め言葉ってことかな？

　ちょっと、蛍くんに似てるなと思った。ツンデレなとこ
ろが……ふふっ。

　そんなことを口にしたら怒られそうだから、胸の内に秘めておこう。
「花恋」
　あれ……？
「あ、天聖さん……！」
　声が聞こえたほうを見ると、そこには天聖さんの姿が。
「……っ、友達って……」
　まこ先輩の呟きを拾えなかった私は、天聖さんに笑顔で手を振る。
　いつもは外で待ってくれているのに、今日は中で待ってくれていたみたい。
　天聖さんは、ゆっくりと私たちに近づいてくる。
「こいつは？」
　まこ先輩をじっ……と、見定めるような目で見ている天聖さん。
　まこ先輩が萎縮していることに気づいて、私は慌てて説明した。
「彼はまこ先輩です！　お友達になってくれたんです……！」
「……」
　て、天聖さん……どうして睨んでるのっ……？
「先輩、昇降口まで一緒に来てくれて、ありがとうございました！」
　とりあえずまこ先輩が怯えているから、早く別れようとそう言った。
「う、うん。……し、失礼します」

　返事をしたあと、天聖さんに頭を下げたまこ先輩。

　まこ先輩と天聖さんは、同級生のはずなのに……け、敬語を使うなんて、やっぱり天聖さんは別格の存在なのかな……？

「て、天聖さん、行きましょう？　まこ先輩！　また明日」

　これ以上天聖さんとまこ先輩を同じ空間にいさせちゃいけないと思って、天聖さんの背中を押した。

　まこ先輩に笑顔で手を振ると、先輩も振り返してくれてほっとする。

　私は天聖さんの背中を押したまま、昇降口を出た。

「……」

　天聖さん、ずっと無口だ……。

　基本的に天聖さんは口数が少なくて、いつも私が話していることに相槌を打ってくれる感じだけど、今日は一段と静か。

　というより……何か言いたげな表情をしているように見えた。

「あいつは……生徒会役員か？」

　え……？

　口を開いた天聖さんが、そう聞いてきた。

　あいつって、まこ先輩のこと……？

「はい、そうです」

「……あいつからすり寄ってきたのか？」

　すり寄る、って……？

「命令に怯えて、謝ってきたのか？」

　その言葉に、慌てて首を横に振る。

「い、いえ……！　私が、お友達になりたいって言ったんです……！　まこ先輩は悪い人じゃないので、安心してください……！」

　むしろ、私からお願いしたというか……それに、まこ先輩は私のせいで嫌がらせをされていたくらいだから。

　自暴自棄になって、退学にでもなんでもなれって言ってたくらいだし……きっと、媚を売るようなことはしない人なはず。

　私の言葉に、天聖さんは納得がいっていない様子。

「あんまり気を許すなよ。花恋が……心配なんだ」

　その声色と表情に、天聖さんの心配が手に取るように伝わってきた。

　まこ先輩は、悪い人じゃない。そう思うけど……天聖さんが心配をする気持ちもわかる。

　今までのことがあった以上、疑うのは当然だと思うから。

「はい……！　ただ、まこ先輩は心から謝ってくれたんです。だから……きっと大丈夫だと思います」

　安心させたくて、そう伝えた。

「そうか……なら、何かあったら言え」

　まだ納得はいっていなさそうな表情だけど、私の頭を撫でてくれた天聖さん。

　天聖さんが心配してくれているのはもう十分伝わっているから、きっと本当は……仲良くするなと言いたいんだと

思う。

　でも……そんなことを言わず、私の意見を尊重してくれる天聖さん。

　天聖さんは、私にたくさんのものをくれるのに、ああしろこうしろと命令したりしない。

　そんな天聖さんだから……一緒にいて、こんなにも居心地がいいんだろうな……。

　優しい人だな……ほんとに。

「今日は天聖さんのおかげで、誰にも何も言われませんでした」

　今日のことを、天聖さんに報告する。

「ありがとうございます……」

　全部全部……全部、天聖さんのおかげ。

「今日は……楽しかったか？」

「はいっ！　とっても……！」

　私の返事に、天聖さんは安心したように口もとを緩めた。

　一緒に喜んでくれているような気がして、うれしくて天聖さんの腕に抱きつく。

　ふふっ、やっぱり、天聖さんといる時が一番安心する……。

「……花恋」

「はあい？」

「……近く、ないか」

「え……？」

　勢い余って腕に抱きついてしまったけど、嫌だったかな

と思いすぐに離れた。

「あっ……ご、ごめんなさいっ……」

　馴れ馴れしかったかなっ……。

「私、よく距離が近いって言われるんです……その、仲良くなればなるほど、ひっつきたくなるというか……」

　ちょっと、甘えすぎてしまったっ……。

「い、嫌でしたよね……」

「嫌ではない」

　すぐに否定してくれた天聖さん。

「お前にされることで、嫌なことはない」

「……～っ」

　うれしくって、私は懲りずに再び、天聖さんの腕にぎゅっとしがみついた。

「私、天聖さんのことすごく好きですっ……」

「……っ」

「天聖さんみたいな友達がいて、幸せですっ……」

　この学園に……編入できてよかった。

　今──心の底からそう思えた。

　天聖さんと出会えたこと、神様に感謝したい。

　天聖さんが、突然足を止めた。

「……天聖さん？」

　じっと私を見たまま、そっと手を伸ばしてくる。

　天聖さんの手が……優しく頬に重なった。

　そのまま……天聖さんの顔が、近づいてくる。

「俺は……」

え……？

まるで──キスシーンの、直前みたいだった。

至近距離になり、鼻と鼻がくっつく直前、天聖さんがぴたりと止まった。

「……いや、なんでもない」

え……え……？

「もう外も暗い。早く帰るぞ」

「は、はい……！」

天聖さんの言葉にこくこくと頷いて、ふたりで再び歩き出す。

今の……な、なんだったんだろうっ……。

き、キスされるかと、思った……って、そんなわけないよね……！

異常なほどドキドキと速く脈を打っている心臓。

静かな夜道で、天聖さんに聞こえてしまうんじゃないかと心配になった。

お、落ち着いて、心臓っ……。

謝罪

　昨日の不整脈の理由はわからないまま、翌日を迎えた。

　天聖さんはあれから特に変わらず、顔を近づけた理由も
わからないまま……。

　もしかして、顔に何かついてたとか、かな？

　私だけ意識しているみたいで恥ずかしく、あの件に関し
ては頭から払拭することにした。

「おはようございます」

　生徒会室に入ると、ほかの役員さんたちが挨拶を返して
くれる。

　挨拶が返ってくるって……うれしいなっ……。

　きょろきょろと、生徒会室を見渡す。

　今日も……正道くんと、伊波さんはいない……。

　ふたりの姿が見当たらないことに、肩を落とす。

　2日連続不在となると、心配になってきた……。

「花恋、ちょっといいか」

　背後から声をかけられ顔を上げると、まこ先輩がいた。

「はい！」

　返事をして、まこ先輩について行く。

　まこ先輩は生徒会室を出て、近くの空き教室に私を連れ
てきた。

「あんた……昨日のはなんなの？」

「え？」

　昨日の……？

「長王院天聖よ！　一緒に帰ってるの？　ていうか……友達って言ったわよね？」

「は、はい」

「あんたたち、付き合ってるんじゃないの？」

　まこ先輩の質問に、納得した。

　そういえば……私は天聖さんと付き合ってるって噂になってたんだったっ……。

「あ……じ、実は、天聖さんと付き合ってないんです」

　言ってから、自分の失態に気づく。

　こ、これ、言っちゃダメだったかもしれない……！

　で、でも、まこ先輩はきっと内緒にしててくれるはず……！

「……へー」

　何を考えているのかわからない意味深な返事に、苦笑いを返す。

「付き合ってるって噂が流れて、否定しようと思ったんですけど、付き合ってることにしといたほうが嫌がらせされることもないだろうからって、そのまま噂を放置してて……」

「……なるほどね」

　先輩は何やら、考えるように黙り込んだ。

「……てことは、あんたは長王院天聖を好きなわけじゃないってこと？」

「え？　好きですよ？」

「恋愛対象として？」

　その言葉に、慌てて首を横に振る。

「ち、ちがっ……友達としてです！」

　れ、恋愛対象なんて、そんなっ……。私はただ、友達として大好きでっ……。

　そこまで考えて、昨日の出来事を思い出して顔が熱くなった。

　ち、違う、あのことはもう考えないっ……。

「……そうなの」

　先輩は納得してくれたのか、何やらうれしそうに口角を上げた。

「聞きたいことはそれだけ。ま、あたしも噂については何も言わないでおくから安心しなさい」

　ほっと、胸を撫で下ろす。

「あたしにも、しっかりチャンスはあるってわけね……」

　ん……？

　まこ先輩の呟きを聞き取れなかったけど、ひとまず黙っていてくれるという言葉に安心した。

　生徒会の仕事が終わって、教室に戻る。

「よー、おはよう花恋」

　響くんと蛍くんの姿に、笑顔で駆け寄った。

「おはようふたりとも」

「辛気臭い奴は、今日もギリギリ登校か」

　陸くんの机を見ながら、呆れた表情の響くん。

「生徒会室にはいたんだけど……」

　先に出て行ったはずなのに、まだ教室には来ていないんだ……。

　陸くん……。

「……お前が気にする必要ないだろ」

　私が気にしていることがバレたのか、蛍くんがそう声をかけてくれる。

「う、うん」

　そうだよね。私に心配されるのを、陸くんは一番嫌がるだろうから……。

　陸くんの望み通り、話しかけないように……関わらないようにしよう。

　結局、時間ギリギリになって現れた陸くんは、私を視界に入れることを拒むように、今日もずっと下を向いていた。

　お昼休みになって、３人でLOSTの溜まり場になっている教室に向かう。

「いや、長王院さんと同じ空間で飯食うの、マジで緊張する……」

　教室が近づくにつれ、響くんが緊張している。

「お前、昨日も置物みたいに静かだったもんな」

「き、緊張するやろあのオーラを前にしたら……！」

　確かに、天聖さんはオーラがあるけど……でも、一緒にいると緊張よりも、安心するタイプの人だと思う。

　全部包み込んでくれるみたいな、安心感がある人だからかな。

「でも、毎日長王院さんに会えて光栄やわ～。俺も長王院
さんを観察して、長王院さんみたいな男にならな」
「お前はどれだけ頑張っても無理だよ」
「はあ、なんでやねん……！　なれるわ！」
　ふたりが言い合いをして、私が笑って。そんないつもの
やり取りを繰り返している間に教室につき、扉を開けた。
「失礼します」
　中に入ると、仁さんと大河さんと……天聖さんの姿が。
　ここに来るのは3回目だけど、もうすでに見慣れた光景
になってきた。
　3人が歓迎してくれて、いつも通り私は天聖さんの隣に
座る。
「生徒会はどう？」
　向かい合う席に座っている仁さんが、声をかけてくれた。
「おかげさまで、今はとっても楽しいです……！　お友達
もできましたっ」
「友達？　それ、大丈夫な奴？」
　怪訝そうな顔をして、眉をひそめた仁さん。
　いつも温厚な仁さんの少し怖い顔に、この人が副総長を
任されている理由がわかった。
　仁さん……いつもはのほほんとしてるけど、喧嘩とか強
そうだっ……。
「花恋が天聖の恋人だと知って、すり寄ってきたのか……？」
　天聖さんと同じ反応をしている大河さんに、否定の声を
上げる。

「違うんです！　仲直りして……私から友達になろうって言いました……！」

「そいつ、なんて奴？」

「まこ先輩って言って……えっと、本名は武蔵誠さんです」

「武蔵？　うわー……あいつと仲良くなったの？」

　仁さんはまこ先輩を知っているのか、あからさまに嫌そうな顔になった。

　な、仲良くないのかなっ……？

　隣にいる大河さんも、眉間にしわを寄せている。

「武蔵は生徒会でも、とくにプライドが高くていけ好かない奴だ」

　そ、そうなんだっ……。

「まあでも、逆にプライドが高すぎて、花恋のことを利用しようとかそういうことは考えない奴ではあるかもね。もし何かあったら、俺たちに言って」

　相変わらず優しい仁さんに「ありがとうございます」とお礼を言う。

　──ガチャッ。

　扉が開く音がして、反射的に視線を向けた。

「あっ……」

　充希さん……！

「……」

　充希さんは無言で私を見て、何か言いたげな表情をしている。

　そのまま、すぐに部屋を出て行ってしまった。

　きょ、今日も出て行っちゃった……。

「毎回毎回、なんなんだあいつは……」

　大河さんが、呆れた様子でため息をついている。

　このままじゃ……ダメだよね。

「あ、あの……私、手を洗ってきます……！」

「おい、花恋……」

　天聖さんが何か言おうとしていたけど、急がないと見失ってしまうかもしれないと思い、慌てて教室を出た。

　どこに行ったんだろう……！

　この棟は入り組んでいるから、迷子になってしまいそう。

　まだそう遠くにはいないはずなのに、角が多すぎて充希さんが行った方向がわからない。

　うーん……こっち……！

　なんとか勘を頼りに、角を曲がる。

　すると、充希さんの背中が見えた。

　よかった……！

「待ってください！」

　私は充希さんの背中に向かって叫び、駆け寄る。

　充希さんはびくっと肩を震わせ、ゆっくりと振り返った。

「……なんだよ」

　威嚇（いかく）するように、私を睨んでいる充希さん。

　ひっ……！　そんな声が漏れそうになったけど、ぐっと堪えた。

「あの……私が嫌なら、溜まり場には来ないようにします」

　あそこはもともと……充希さんの居場所なはずだ。
「不快な思いをさせて、すみません……謝りたかったんです……」
　充希さんにずっと罪悪感を抱いていたから、独りよがりだとしても謝罪がしたかった。
　顔を上げると、充希さんは驚いた表情で私を見ている。
　そして……小さく鼻で笑った。
「何お前、悲劇のヒロインぶってんの？　そういう奴が一番嫌いなんだよ。どうせ俺が言ったこと恨んでんだろ」
　悲劇のヒロイン……そ、そうだよね……そう思われても、仕方がない……。
　でも、ひとつだけ間違いがあった。
「ブ、ブスって言われていい気はしないけど……あなたは悪気があって言ったわけじゃなさそうだったから、気にしてません」
　そのことについては、なんとも思ってない。
　ブスなんて、アイドル時代にアンチの人から一番多く言われた言葉だもん……！
　そんな言葉ひとつで、私は折れたりしない。それに、その言葉に悪意があるかどうかくらい、わかる。
「……は？」
　充希さんは、意味がわからないとでも言いたげな顔。
「普通に、思ったことを言っただけというか……貶すつもりもなかったと思うので……少しも怒ってないです」
　私も素直に、思ったことを口にした。

離したくない

【side 充希】

「普通に、思ったことを言っただけというか……貶すつもりもなかったと思うので……少しも怒ってないです」

　まっすぐ俺を見つめながら、そう言った花恋と呼ばれている女。

　そいつの言葉は、事実だった。

　俺は別に、こいつを貶すつもりで言ったわけじゃない。

　数日前、突然LOSTの溜まり場に現れたこいつ。

　今まで女が来ることなんてなかったから、部外者がいたことに驚いた。

　チビで、地味で、少しも華のない女だったから、率直に思ったことを口にした。

　ただ、ブスって思ったからブスって言っただけだし、ブスが悪いとは思ってない。

　それなのに……あいつら、勝手にキレて、また俺のこと除け者にしやがって……。

　いつもそうだ。

　俺が新入りだってのはわかってるけど、俺だってトップ4の一員なのに、いつも重要なことは3人で決めている。

　溜まり場だって……俺は邪魔者が来ないから、できればあそこに居座りたいのに、ほかの奴らが楽しそうにしているからいづらい。

　どこまで踏み込んでいいのかも……どう接していいかも
わからず、結局なじめないまま今に至る。

　俺は……もっと……。

「えっと……違いましたか……？」

　確認するように、そう聞いてくる花恋。

「……お前、変な奴だな」

「そ、そんなことないと思いますけど……」

　間違ってないけど、なんでわかったんだ。

　今まで、俺の気持ちを汲み取ってくれる奴なんていな
かった。

　俺は気分屋らしく、何かあればすぐにキレ症だと呆れら
れ、放っておけと除け者にされてきた。

　ただわかってほしいだけなのに、誰もわかってくれない。
だから……俺もわかってやらない。

　そんなふうに思ってたのに……。

「俺が一緒にいたら、嫌じゃないのか？」

「そんなわけありません……！　先輩は私が一緒じゃ、嫌
ですか……？　私……できればみんなで、お昼ご飯を食べ
たいです……」

　こいつ、俺を除け者にする気はないらしい。

　……こいつ、俺のこと嫌いなんだと思ってた。

　でも、わざわざ俺を追いかけて来たってことは……この
言葉は嘘じゃないのか。

「俺は、別に……」

　正直、悪い気はしない。

　でも、素直に一緒に食べるなんて口が裂けても言えなかった。

　意地になっているプライドが、邪魔をする。

「充希さんさえよかったら、戻りましょう……？」

「……」

「私、みんな一緒がいいです」

　俺の凝り固まったプライドを刺激しないように気遣っているのか。

「ほんとに怒ってねーのか？」

「はいっ」

　その笑顔に、救われた気がした。

「私のほうこそ、LOSTのメンバーでもないのに、溜まり場に居座ってごめんなさい……」

　申し訳なさそうにされると、強く出れないのは人間の性なのかもしれない。

　気性が荒いと自覚している俺でも、こいつには不思議と少しも怒りが湧かなかった。

　それに……俺も最初はビビったけど……、こいつにはセンサーが反応しない。

　自分に対して敵意や悪意を持っている人間は、すぐにわかる。こいつからはそれを、少しも感じなかった。

　戻ってきてほしいと言われ、俺の機嫌も着々と戻りつつあったけど、問題はまだある。

「でも……俺、あいつらと仲いいわけじゃねーし、溜まり場に戻りたくない」

　どうせ、今俺が戻ったら……また来たのかよとか思われるだろうし。

「仁さんたちも、充希さんと仲良くなりたいって思ってるはずです」

「……」

　本当にそうか……？

「ね？　みんなで食べましょう？」

「うん……」

　花恋が必死で頼んでくるから、思わず頷いてしまった。

　……俺みたいなめんどくさい人間に、ここまで優しく下手に出てくれる奴は初めてだ。

「なんでお前、そんなに俺に優しくすんの」

　こいつにとっては……第一印象最悪だと思うけど。

　それに……そういえば俺、1回こいつのおかげで退学免れたんだった。

　あれも……いい子ちゃんぶってんのかと思ってたけど……本心でかばってくれたのかもしれない。

「充希さん、きっといい人だと思ったから」

　……は？

　俺が……いい人……？

「間違ってたら申し訳ないんですけど……充希さん、ほんとはLOSTの皆さんのこと、大好きなんじゃないかなって思って……」

「は、はぁ!?」

　図星を突かれ、思わず大きな声が出た。

　い、いや、別にあいつらのことを好きとか……そんなん
はまったくねぇけど……。

　た、ただ……仲間くらいには……思ってる、けど……あ
あくそ、自分の思考が寒い。

　大きな声を上げた俺に、花恋がビビっている。

「ち、違ったらごめんなさい……！　私が来た時も、み
んなに危害を加えないか、警戒してるみたいだったか
ら……」

「……っ」

　こいつ……そこまでわかってたのか……？

「不器用で、繊細で、本当はいい人なんじゃないかって思っ
たんです」

　ふにゃっと、気の抜けるような笑顔を浮かべた花恋。

　俺は……どうしてこいつをブスだと思ったんだろう。

　そう不思議でたまらなくなるくらい……。

「私の勘、よく当たるんですよ？　人を見る目だけはあり
ますからっ！」

　──その笑顔を、可愛いと思った。

　……勘でよく知らないやつをいい人扱いするんじゃ
ねぇ。騙されるぞ……。

「……そうかよ」

　こいつ……無邪気すぎる……。

　でも、こいつに見つめられると、不思議とそれだけで安
心感に満たされた。

　なんの疑いも持っていない瞳。媚びも悪意もない眼差し

に見つめられることが、こんなにも心地いいのかと知った。

「戻りましょう、充希さん」

「ん……」

　もう首を横に振る気もなくなり、短い返事を返す。

　花恋はうれしそうに笑って、溜まり場とは別方向に歩いて行こうとした。

「おい、どこ行くんだよ」

「え？」

「こっちだぞ」

「あはは……ごめんなさい、私、方向音痴で……」

　は……？　こいつ、生徒会だろ？　頭いいんじゃないのか……？

　まあ、そういう能力とは別物なのか……。

　そんなところもまあ、悪くないけど。

　俺は花恋の手をとり、溜まり場の方向へ歩き出した。

「……ついてこいよ」

　手、ちっさ……。

　女と遊ぶ時間ももったいないと思ってたから、こんなふうに自分から手を握ったのは初めてだ。

　強く握ったら、壊れそう。

「ありがとうございますっ」

　俺は花恋が痛くないように、優しく……でも離れていかないように、固く手を握った。

「お、花恋おかえり……って、充希」

　溜まり場につくと、戻ってきた俺と花恋の姿にほかの奴らが驚いていた。

　仁が、目を見開いて俺を見ている。

　ちっ……。

「俺が戻ってきたのは、別にここにいたいからじゃねぇからな。……か、花恋が、戻ろうって言ったから……」

「はい。私が無理やり連れて来ました……！」

　俺と話を合わせるように、花恋は隣でこくこくと頷いている。

「そういうことだからな」

　俺のちっぽけなプライドが守られ、内心ほっとする。

　花恋は俺のこと、なんでもわかってくれている気がした。

「なんかわからないけど……どうやって手懐けたの？」

「え？　て、手懐けてなんていませんよっ……」

「でも、その手」

　仁が、一点を指差した。その先には、俺と花恋の手。

　そういえば、手を繋いだままなことを忘れてた。

　まあ、離したくないからこのままでいいけど。

　天聖が、鋭い視線で俺を睨んでいるけど、気にしないでおく。

「花恋どこで食べんの？」

「私はここです！」

　笑顔で、天聖の隣に座ろうとする花恋。

「ん」

　俺はその隣に、どしっと座った。

「おいおいおい……本当にどうした……？」

「充希が……他人に懐いてる……」

　鬱陶しいくらい凝視している仁と大河を無視し、花恋に寄り添うように肩を寄せる。

　後輩ふたりも見てるけど、どうでもいい。

　花恋の隣の居心地がよすぎて、できるだけくっついた。

「おい、離れろ」

　溜まり場に、地を這うような低い声が響く。

　ちらっと視線を向けると、キレている天聖と目が合った。

「……別にいいだろ、このくらい普通だ」

「普通じゃねぇだろーが」

　俺と天聖に挟まれ、おろおろしている花恋。

　ちっ……天聖のことなんて、気にしなくていい。花恋が間にいる手前、俺に手は出せないだろうしな。

　何言われても、離れたくねーもんは仕方ない。

「天聖、充希は帰国子女だから……」

　仁がなだめているけど、別に帰国子女だとかは関係ない。

　向こうでも、自分からこんなひっつくことなかったし。

　第一、誰かにここまで気を許せたのは初めてだ。

「でも、ふたりが仲良くなってよかったよ」

　キレている天聖に苦笑いしつつ、仁がそう言ってくる。

「充希も、もうちょっと顔だせよ。みんな心配してるから」

　……あっそうかよ。

「ふん」

　俺は視線を逸らしつつも、悪い気はしていなかった。

　花恋の言う通り……俺が思っていたよりも、こいつらは俺のこと、ちゃんと仲間として思ってくれているのかもしれない。

「花恋、はよ飯食べな時間なくなるで」

「あっ……ほんとだ……！」

　時計を見た花恋が、慌てて目の前に置かれている弁当を開けた。

　俺は花恋にひっついたまま、弁当を覗く。

「花恋、それうまそう」

　普通のサイズの３倍くらいあるオムライス。これ、全部ひとりで食べんのか……？

「おいしいですよ」

　食べたことがあるのか、目を輝かせている花恋。

　オムライスくらいでそんな顔ができる花恋を、可愛く思った。

「ひと口ちょうだい」

「はい、どうぞ！」

　スプーンを渡してこようとしたから、首を横に振った。

「食べさせて」

　口を開けて、花恋が入れてくれるのを待つ。

「お前……」

　隣から、天聖の声が聞こえたけど無視だ。

「……？　いいですよっ。はい、あーん」

　花恋は不思議そうに首をかしげながらも、オムライスをひと口分すくって口に入れてくれた。

「……うまい」

　これ、いいな……。オムライスじゃなくて、食べさせて
もらうの。

「充希さんはお昼ご飯食べないんですか？」

「あー、あとで買って食べる」

　今日は食堂が混む前に買うのを忘れたから、授業中に買
いに行くつもりだった。

「これからは、一緒に食べましょうねっ」

「……」

　うれしそうに、笑う花恋。

　こいつ……ずっと笑ってるな……。

　あー、なんかめちゃくちゃ可愛い……。

「……ん」

　地味だし、前髪で顔見えないけど……なんか、無性
に……。

　──ちゅっ。

　俺は白い頬に、そっと唇を押しつけた。

「えっ……」

　衝動的に、キスをしていた。

「……おい」

　天聖の手が伸びてきて、俺を押した。それも、結構な力
で。多分、花恋が間にいなかったら、殴られてたと思う。

　天聖は反動で花恋が倒れないように、ちゃっかり肩まで
抱いている。

「なんだよ。キスくらい挨拶だろ」

　こいつが可愛かったんだから、仕方ねーじゃん。

　なんか……欲しくなったっていうか……。

「仁、こいつつまみ出せ。花恋がいる時は立ち入り禁止だ」

「はぁ!? 何勝手に決めてんだよ！」

　目が完全にキレている天聖の凄（すご）みに、若干気圧（けお）された。俺じゃなかったら逃げ出しているくらいに、殺気に満ちている。

　こいつが花恋をどれだけ好きなのか、一発でわかった。

　でも……俺だって欲しいし。

「俺は花恋といるんだよ！　なあ、花恋」

　同意を求めるようにそう聞けば、放心状態だった花恋がハッとした表情になった。

「え、えっと……私は平気ですよ、天聖さん！」

　俺のキスに深い意味はないとでも思っているのか、笑っている花恋。

「俺が平気じゃない」

「え？」

　まるで俺から守るように、後ろから花恋を抱きしめている天聖。

　その姿に、イラついた。

　離せよ、俺のものなのに。

　……ん？　俺の……？

　よくわかんねぇけど……とりあえず、花恋とずっと一緒にいたい。

　天聖に、邪魔されないようにしねぇと……。

「なんか……よりややこしいことになったみたいだね……
あはは……」

　仁が笑っているけど、まったく笑い事じゃない。

「花恋、こっち来い」

「え、あの……」

「こいつのことは無視しろ。花恋、こっちで食うぞ」

「おい、花恋の席は俺の隣だ……！」

　花恋を連れて行こうとする天聖に抵抗するように、花恋
の腕を掴む。

　理由は結局わからないままだけど……花恋は誰にも、渡
したくないと思った。

「いいかげん離せ、花恋が痛がってるだろ」

「お前が離せ!!」

「あ、あのっ……」

「おい！　花恋が困ってるから離してやれ……！」

　結局、大河に止められ花恋の取り合いは一時収束した。

8th STAR
居場所

歓迎会

　天聖さんが命令制度を使ってくれた日から、1週間と少しが経った。

　あれから誰からも悪口を言われなくなり、平和な高校生活を送っている。

　生徒会ではまこ先輩、教室では相変わらず響くんと蛍くんが仲良くしてくれている。

　お昼はLOSTの溜まり場にお邪魔して……私の高校生活は、充実し始めていた。

　ただ……いくつか気になっていることもある。

　まず、あれから正道くんと伊波さんが生徒会室に来ないこと。

　まこ先輩に聞いても、「誰も知らないらしいのよ」と言われた。

　寮にもいないらしくて、実家に帰っている可能性があるとも。

　ふたりが何をしているのか……心配だった。

　そして、陸くん。

　陸くんとはもうずっと口をきいていないけど、今も極力教室にはいないようにしているのか、休み時間になるとふらっと出て行ったり、生徒会室でも業務連絡以外は言葉を交わしていない。

　いつも気配を消して、私を見ないようにしている。

　平和になったとはいえ……その３人をいづらくさせてしまったことだけが、気がかりだった。

「花恋、暇……」
　いつものようにLOSTの溜まり場でみんなとお昼ご飯を食べていた。
　充希さんが、甘えるように肩におでこを擦りつけてくる。
「花恋がかまってくれないから暇」
　もう一度言い直した充希さんに、笑みが溢れる。
「ふふっ」
「なんで笑うんだよ」
「充希さんって、大きいワンちゃんみたいで……って、ごめんなさい、失礼でしたよね……！」
「……なら、もっと可愛がれ」
「え？」
　これは……撫でろってこと……？
　頭を私に見せて「ん」と言っている充希さん。
「よ、よしよし」
　私はそっと手を伸ばし、充希さんの頭を撫でた。
　うわっ……髪、柔らかいっ……。細くて……綺麗な髪質だなぁ……。
　感触が気持ちよくて、癖になってしまいそう。
　充希さんもご満悦な様子で、もっと撫でろと頭をすり寄せてくる。
　ふふっ、可愛い。

充希さんはなんだか……弟たちに似ている。

年上だけど、甘えてくる姿は私の弟たちを彷彿させた。

はぁ……家族に会いたくなってきたなぁ。

そんなことを思いながら、ねだられるまま充希さんの頭を撫でた。

「……おい充希、そのへんにしとけ。天聖に殺されるぞ」

仁さんの声に、逆隣にいた天聖さんを見た。

視界に映ったのは、いつも通りの天聖さん。

「天聖、花恋の前で猫かぶるな……」

ん……？　わ、私が見てない時、どんな顔してたんだろう……？

「つーか、なんで花恋に触るのに天聖の許可とらなきゃいけないんだよ。ほっとけよ」

充希さんがそう言って、相変わらず私にひっついている。

どうしてこんなに懐いてくれたのかはわからないけど、充希さんとはいつもこの調子。すっかり仲良しになったと思う。

お友達が増えて、私としてはうれしい。生徒会でも、まこ先輩と仲良くなってから、生徒会活動が楽しくなったし……。

そこまで考えて、私はあることを思い出した。

「あ、そうだ天聖さん。私、今日生徒会お休みなんです」

今朝、まこ先輩に言われたんだった。

今日は生徒会室を別件で使うらしく、放課後の活動がお休みだそう。

　こんなことは初めてで、別件ってなんだろうと思ったけど、誰も知らないみたいだった。

「だから、授業が終わったらすぐに帰れます」

　いつも天聖さんには、生徒会が終わるまで待ってもらっているから、そう伝えた。

「わかった。教室まで迎えに行く」

「い、いやいや、長王院さんが教室に来たら騒ぎになりますって……！」

　た、確かにっ……。

　すかさずツッコミを入れた響くんに、同意するように首を縦に振る。

「ていうか、花恋今日休みなん？」

「うんっ」

「じゃあ、放課後どっか行こうや」

「え……」

　響くんからの突然のお誘いに、私は驚いて目を見開いた。

「そういえば、花恋の歓迎会してへんかったなぁって思ってん」

「歓迎会？」

「星学にようこそ〜って」

　そう言って、にかっと微笑んでくれた響くん。

　私は感動のあまり、言葉を失った。

「あ、遊びたい……！」

　私は大きな声で、そう返事をした。

「な、なんでそんな前のめりなん？　リアクションでかす

ぎひん？」

　オーバーリアクションだったのか、響くんが驚いている。

「いいね。それじゃあ放課後、みんなで遊ぶ？」

　仁さんまでそう言ってくれて、わぁ～っと声が漏れた。

　放課後、友達と遊びに行くなんて初めて……！

　スーパーにはよく天聖さんについてきてもらうけど……！

「悪いが、俺は用事があるんだ。すまない」

　大河さんは用事があったのか、残念そうにしている。

「花恋が行くなら俺も行く」

　充希さん……！

「お前は行かないだろ」

「……行く」

　充希さんの言葉に、小さく返事をした天聖さん。

「ま、マジっすか……！」

「天聖、遊びとか誘っても絶対来ないのに……花恋パワーはすごいね」

　えっ……わ、私のパワー？

　驚いている響くんと仁さんに、首をかしげた。

「俺も行きます」

「蛍も空いててよかった。じゃあ、大河以外で遊ぼっか」

「……その言い方は気分が悪いな」

「ははっ、大河もまた今度遊ぼうね」

　大河さんがいないのは少し寂しいけど、みんなと遊べるということに胸が躍った。

「花恋、どこか行きたいところある？」

　う、うーん……行きたいところが多すぎて、決められないっ……。

　仁さんの質問に、頭を悩ませた。

　普通の高校生って、どんなところに行くんだろう……。

「ど、どこにでも行きたいです……！」

　考えた末、そんな返事しかできなかった。

　みんなで遊べるなら……本当に、どこでもいい。

　どこでも楽しめるはず……！

「うれしそうじゃん」

　私を見て、にやにやしている充希さん。

　私は笑顔で、大きく頷いた。

「はいっ……！　友達みんなで放課後遊びに行くなんて初めてでっ……」

「……は？」

　……え？

　まるで「ありえない」とでも言いたげな顔になった充希さん。

　よく見ると、ほかのみんなも唖然としている。

「それほんまに？　花恋、中学でもいじめられてたん……？」

「そ、そういうわけじゃないんだけどっ……」

　放課後遊んだことがないって、そ、そんなに変かな……？

　遊べない環境だったから、意識したことがなかった。

「地味ノ瀬って、希少生物かなんかなの……」

「学校終わりにどっか遊びに寄るとか、1回もないの？」

　仁さんの質問に頷くと、「今時珍しいね……」とさらに驚かれた。

「じゃあ、今日はぱーっと遊ぶで！」

「うんっ……！」

　まだ放課後になってないのに、すでにワクワクしている。

　き、緊張してきた……！

「すごく楽しみっ……」

「そこまで喜ばれたら、こっちもうれしいわ」

　ふふっ……なんだか、高校生活っぽいなぁ……！

「じゃあ、授業終わったらみんなで教室に迎えに行くよ」

「だから……LOSTの人たちが来たら騒ぎになりますって！」

「ほんとにやめてください……」

「ははっ、そうだったそうだった」

　仁さんは笑っているけど、大変なことになるのは私でも想像がついた。

　今さらだけど、この溜まり場の空間にいる男の人全員……顔面偏差値がおかしいもんね……あはは……。

　みんなそれぞれ個性の違ったイケメンだから、一緒にいたら否応無しに目立つだろう。

「目立たないように裏門で待ち合わせにしましょう！　俺たち、授業終わったら３人で向かいますから」

　蛍くんが、２年生組にそう言った。

「了解。俺も天聖と充希連れて行くよ」

「子どもみたいに言うんじゃねーよ！」

「おっきい子どもみたいなものだよ」

　仁さんに充希さんがくってかかっている隣で、私はうれしさをひとり噛みしめていた。

　放課後が、待ち遠しいなぁっ……。

カラオケ

　待ちに待った放課後になり、響くんと蛍くんと私の3人で教室を出た。

　放課後、帰り道に友達と遊ぶ……。何度も思い描いていた、理想の高校生活そのものだっ……。

　わくわくしながら、裏門に向かう。

「あ……！　先輩らもう来てるやん……！」

　ほんとだ！って……。

　よく見ると、裏門から離れたところに、女子生徒たちが集まっている。

　みんな遠目から、天聖さんたちを見ていた。

「うーわ……」

「裏門なら目立たないと思ったけど……騒がれてるな……」

「ほんまやで……まああの人たち、どこにおっても目立ってまうからな……」

　確かに……いつも近くで見ているから盲点だったけど、あれだけ長身でスタイルのいい人が3人揃ったら、芸能人の集まりみたいだ。

「見て……！　LOSTのトップ4が3人揃ってる……！」

「長王院様と充希様なんてめったに現れないのに……！」

「目の保養すぎる……！」

　女の子たちみんなが目をハートマークにして、3人の様子を覗き見していた。

「女子も、先輩たち怖いから近づきはしてへんみたいやし、ほっとこか」

　確かに近寄りがたいオーラがあるからか、直接話しかけようとしている人はいなかった。

「待たせるのも悪いし、早く行こう」

「う、うん……！」

　蛍くんに言われて、3人に駆け寄る。

「お待たせしました！」

　真っ先に私に気づいてくれた天聖さんが、こっちを見て微笑んだ。

　その笑顔に安心して、天聖さんの隣に行く。

「お疲れ、3人とも」

「相変わらずアイドルの出待ちみたいっすね」

　笑顔の仁さんに、響くんが苦笑いしている。

「目立っちゃったみたいでごめんね」

「全然悪いと思ってないですよね仁さん……」

「そんなことないよ蛍」

　あはは……確かに、仁さんって、一番何を考えているかわからない人かもしれない……。

　なんていうか、いつも笑ってるけど、笑ってない。

「行こっか？」

　いつもの笑顔を浮かべ、そう言った仁さん。

　この笑顔は本物だと思い、私は頷いて返した。

「いいなぁ……編入生……」

「しっ……！　口に出しちゃダメだって……！」

　お、女の子の声が聞こえる……。

　私みたいな人間が、こんな華やかな人たちに囲まれてたら……変に思われるに違いない……。

「花恋、どうした？」

「け、気配を消そうと……」

　私は真ん中を歩いて、姿が見えないようにしよう作戦を決行した。

　長身のみんなに囲まれたら、見えなくなるはず……！

「よくわからないけど、とりあえず駅前行くよ〜。人多いとこは周りにくいし、隣町に移動しよっか」

　仁さんの提案に頷き、みんなについて歩く。

　ふふっ、楽しみだなぁ……！

「どこで遊ぶ？」

「このメンツでうろついてたら目立ちそうだし、無難にカラオケでいいんじゃないですか？　俺は歌いませんけど」

「カラオケ……！」

　蛍くんの言葉に、私は目を輝かせた。

　一度は行ってみたいリストに入っているそのワード。

「え？　何その反応……行ったことないん？」

「うん……！」

　実は、カラオケには行ったことがない。

　昔イメージキャラクターをしたことがあるから、お店には入ったことがある。でもカラオケボックスの撮影も仮設だったし、本物のカラオケルームには入ったことがなかったんだ。

　歌の練習も、必ずスタジオでするように言われていたから、勝手に出入りすることもできなかった。

「マジでか……」

「花恋、どんな生活送ってたんだよ」

　充希さんが、宇宙人を見るような目で私を見ている。

　カ、カラオケって、みんなそんなによく行く場所なのかな……？

「じゃあカラオケ行こっか？」

「はいっ！」

　笑顔で何度も頷くと、仁さんに頭を撫でられた。

「花恋は可愛いなぁ、ほんとに妹みたい」

「おい」

「あー、ごめんごめん天聖。俺は別に家族愛みたいなものだし、充希みたいに警戒しなくていいよ」

「あ？」

　カラオケ、カラオケっ……！

　カラオケに心躍らせている私には、先輩たちの会話は入っていなかった。

「わぁ……！」

　隣町について、近くのカラオケに入った。

「天聖が綺麗なカラオケにしろって言うからここにしたけど、女性客多いね……」

「長王院さん、日に日に過保護に磨きがかかってますね……」

「響、そんなこと口にしたら怒られるからやめておきな」

　うわぁ……！　綺麗……！

　新しくできたばかりなのか、ホテルみたいなお店。

　受付を済ませ、指定された部屋に向かう。

「すごい、カラオケルームだ……！」

　入った途端、キラキラと眩しいライトが当たった。

　ソファもふかふかで、モニターも大画面……！　それに、全部の壁にモニターがついてる……！

　前にはマイクスタンドと照明もあり、ステージみたい。

「すごい、すごい……！」

　私はきょろきょろと辺りを見渡しながら、感動のあまり大はしゃぎしてしまった。

「カラオケ来てこんな感動してる奴初めて見たわ」

「地味ノ瀬、幸うっす……」

「いちいち可愛いな」

「……」

「充希、天聖がキレるからそういうこと言うのやめときな」

　モードもいっぱいある……！　楽しそう……！

　みんなが話しているなか、私はルーム内を探索していた。

「俺、花恋の隣座る」

　ドスッと音を立てて、メニュー表を見ていた私の隣に座った充希さん。

　するとすぐに、天聖さんも対抗するように反対側の隣に座った。

　充希さんが嫌そうに天聖さんを睨んでいるけど、天聖さ

んは気にしていない様子。

　最近、このふたりいつもバチバチしているようなっ……。

「歌入れや花恋」

「え……ど、どうしよう……」

　カラオケに来てみたいとは思っていたものの、選曲を考えていなかった。

　アイドル時代の曲は……ちょっと恥ずかしいし……バラード……は盛り上がらないかな……。

「響、女の子にトップバッターまかせるのは荷が重いでしょ」

　考え込んでいると、仁さんが助け舟を出してくれた。

「そ、そうっすね……！　じゃあ、俺入れます！」

「よっ、うちの盛り上げ隊長」

　リモコンを操作し、すぐに曲を入れた響くんに、仁さんが合いの手を入れている。

「歌います！」

　響くんの選曲……ロックだ……！

　私も知っている曲で、定番ソングだった。

　このアーティストさんとは仲がよかったから、懐かしい気持ちになる。

　ライブに招待してもらったこともあるくらい、交流があった。

　今思えば、芸能界でも楽しい思い出はいっぱいある。

　私もこの人の曲、歌おうかなぁ……。

　響くんはシャウトが上手で、抑揚のある歌い方だった。

　　１曲目に盛り上げてくれた響くんに、さすがムードメー
カーだなと私も楽しくなる。

「騒がしーな」

　　隣の充希さんは、眉間にしわを寄せているけど……あは
は……。

「充希さんは歌わないんですか？」

「俺、J-Pop知らないし。洋楽しか歌えない」

　　そういえば、帰国子女だって言ってた……！

「かっこいいですね……！」

　　洋楽が歌えるなんてすごい！　聴いてみたいなぁ。

「……じゃあ歌う」

「えっ、ほんとですか……！」

　　充希さんは１曲目に、流行の洋楽を入れた。

「マイク貸せ」

　　響くんからマイクを奪い、歌い出した充希さん。

　　わっ……！

　　難しい発音もペラペラと歌いあげている充希さんに、思
わず聴き入ってしまう。

　　歌声も……すごく優しい……。

「充希は歌うまいな」

　　仁さんも初めて聴いたのか、驚いていた。

「……あー、最後らへん忘れた」

　　曲が終わり、マイクを置いた充希さん。

「充希さん、ずっと海外暮らしだったんですか？　発音が
完全にネイティブですね」

「かっこよかった？」

「はいっ」

　こくこくと、何度も頷く。

　すごくかっこよかった……！　私も洋楽をここまで上手に歌えるようになりたい……！

「……もっと言え」

　私の反応に、充希さんがうれしそうに肩を寄せてきた。

「また歌ってください」

「いいけど」

「……」

「花恋、天聖のこともかまってあげて」

　え？

　仁さんの言葉に振り向くと、天聖さんがじっと私を見ていた。

「天聖さん……？」

「……楽しいか？」

「はいっ」

「そうか。ならいい」

　……？　いったいどうしたんだろう……？

「天聖さんは歌入れないんですか？」

「……ああ」

　そっか……。天聖さんの歌ってるところも、見てみたかった……。

　きっと、かっこいいんだろうなぁ。天聖さんは何をしても様になるから。

　みんなが順番に曲を入れ、マイクが回っていく。

　蛍くんと天聖さんは歌いたくないらしく、響くんと充希さんが歌って盛り上げてくれた。仁さんは、歌っているふたりをニコニコしながら見ている。

　みんな、歌上手だなぁ……！

「花恋もそろそろ入れたら？」

「う、うんっ……！」

　響くんからタッチパネルを受け取り、曲を決める。

　うーん、何にしよう……ランキング上位のものから選ぼうかな……。

　って、私の曲……！

　ランキングのトップ10に、私の曲が５曲も入っていた。

　う……うれしいけど、ちょっと心苦しい……。今も歌ってくれている人がいるんだ……。

　全部楽曲提供してもらった大切な曲だから、歌い続けられていることは純粋にうれしいな。

　と、とりあえず、自分のじゃない曲にしようっ……！

　そう思い、キーが同じのアーティストさんの曲を入れた。

「音痴だったら面白いな」

　向かい合う席に座っている蛍くん、私を見ながらにやにやしている。

　た、確かに……最近歌ってないから、自信がない……！

　蛍くんに苦笑いを返すと、なぜか天聖さんのほうを見ながら顔を真っ青にしていた。

「失礼なこと言ってんじゃねぇぞ」

「……す、すみません……！」

　頭を下げている蛍くんに、なんだか申し訳なくなった。

　て、天聖さん……。

「おー、この曲いいよなぁ。前向きになれるっていうか」

　イントロが流れて、響くんがそう言った。

　……ふぅ、よし。

　息を吸って、第一声を放つ。

　よかった……まだ声は出るみたい。

　んー、やっぱり、歌うって気持ちがいい……！

　完全に盛り上げることを忘れ、歌に集中してしまった。

　１番が終わり、長い間奏に入る。

「……マジか……」

　……あれ？

　ぼそりと呟かれた響くんの声に、私は周りの状態に気づいた。

　なぜかみんな、驚いた顔で私を見ている。

「……花恋の歌声……アイドルのカレンそっくりだね」

「えっ……」

　ま、まずいっ……。

　仁さんの言葉に、私はさーっと血の気が引いた。

　つ、つい気持ちよく歌っちゃったけど……そ、そうだ、歌声でバレるっていう可能性があった……。

　どうしようと内心焦っていると、急に曲が止まる。

　画面を見ると、【演奏中止】という表示が。

「……悪い。間違えて押した」

　天聖さん……もしかして、助けてくれたのかなっ……？

「何やってんだよ！　人が聴き入ってる時に……！　もっかい入れろ！」

　充希さんが激怒していたけど、これ以上歌い続けるわけにはいかなかったからとっさのフォローに心の底から感謝した。

「い、いいんです……！　実はこのあとうろ覚えで……！」

　ごまかすように、笑顔を作った。

　これ以上はもう歌わないようにしようっ……！

　歌は、完全に盲点だった……。でも、カラオケはまた来たいから、今度天聖さんを誘ってみよう。

「いや……歌もうまいとか驚いたわ。それにしてもほんまにカレンに似とったな」

　ギ、ギクッ……。

　この話は終わりたいのに、響くんが気まずくなることを言った。

「名前も一緒だしね。そういえば、響はカレンのファンだったっけ？」

　仁さんが、カレンの話を広げ始めた。内心、もうやめてください……と呟く。

「ファンって……別にオタクじゃないっすけど……」

「でもライブには行ってただろ」

　え？　そうなの……？

　蛍くんの追求に、驚いて響くんのほうを見る。

「いやいや、生で見てみたかっただけっすよ！　それにお

前もなんだかんだ言ってついてきたやろ‼」

「お前がついてきてくれって頼むからだろ……！」

　ほ、蛍くんも、ライブに来てくれたことがあるの……⁉

　衝撃の事実に、開いた口がふさがらなくなる。

　私の心情も知らず、響くんはうっとりとした表情で語り始めた。

「でも、生のカレンは最高でした……天使そのもので……あんな綺麗な人間がこの世に存在するんかって、ライブ終わるまで現実世界から離れてたみたいに感じたっすもん」

　うっ……。

　褒めてくれるのはうれしいけど……それ以上に恥ずかしいし、アイドルとしての私の話はしたくないっ……。

　バ、バレないかってひやひやして、心臓が暴れてるよ……。

「ははっ、重症だね」

「仁さんも生で見たらビビりますって！　……まあ、もう生で見る機会はないっすけど……」

　ご、ごめんね響くん……。

「花恋？　顔青くねぇか？」

「そ、そんなことないですよ……！」

　心配してくれた充希さんに、慌てて笑顔をつくろう。

「響、カレンの曲歌えよ」

「アホか……俺みたいな野太い声の男がなんであんな可愛い曲歌うねん……あ、そうや。花恋歌ってや！」

　ど、どうしてそうなるの……！

　蛍くんと響くんの会話に巻き込まれ、私の緊張感は
MAXに。

「え……あ、あの、私全然知らなくて……」

「はああ!?　日本で生きててそんなことあるか!?　CMとか
バンバン流れてたやん!」

　に、逃げ出したいっ……。

　楽しい空間なはずなのに、思わずそう思った。

「はいはい、花恋が困ってるでしょ。じゃあ、俺も歌おっ
かな〜」

　仁さん……!

　流れを止めてくれた仁さんが、神様に見えた。

　ありがとう、仁さん……!　と心の中で感謝する。

「マジですか!　仁さんの歌聴きたいっす!」

「まかせて。俺の美声聴かせてあげるよ」

　仁さんはノリがいい人だなと思った。

　響くんがムードメーカーだとしたら……仁さんは、ムー
ドコントローラーっていうか……その場の空気を、自分の
流れにできる人。

　困った時はいつも助け舟を出してくれるし……気遣いの
塊(かたまり)だ。

　空気を作るのがうますぎて……少し怖いくらい。

　たまに、何か秘密を抱えているのかなって、思う時があっ
た。

　勘違いかもしれないけど……。

　仁さんが歌い出し、みんながその美声に聴き惚れていた。

　イケメンボイスって、こういう声を指すんだっ……。

　そう思わずにはいられないくらい、仁さんの歌声はかっこよかった。

　そのあとも、私は聴き専になってカラオケを楽しんだ。

「は〜、歌った歌った」

　２時間たっぷりとカラオケを楽しんで、お店を出る。

「響の歌、うるさいの多いんだよ。耳潰れそうだった……」

　鬱陶しそうに耳を押さえ苦言を垂れている蛍くんに苦笑いを返す。

「充希さん、マジでかっこよかったっす」

「お前からのかっこいいはいらない」

「ひ、ひでぇ……」

　ひ、響くん、かわいそう……。

「まだ時間あるし、次どこ行こっか」

　仁さんがそう言った時、私はあるものが目に留まった。

「あっ……」

　これ……ずっと楽しみにしていた作品だ……！

　一度お仕事をさせてもらったことがある作家の方がいて、その人の原作小説を基にした映画のポスター。

　テレビやSNSを観ないようにしていたから、公開情報を見逃してた……！

　ポスターに書いてある公開日から、もうずいぶん日が経っている。

　そろそろ、公開期間も終わるかもしれない……。

「観たいのか？」

　じっとポスターを見つめていると、天聖さんに背後から声をかけられ驚いて肩が跳ねる。

「い、いえ……！」

　さすがに、観たいなんて言えないっ……。恋愛物だし、みんなは興味がないだろうから。

　公開が終わるまでに、早めに映画館に行こう……！

「べったべたのラブストーリーやん……女子やな……」

「げっ」と、あからさまに嫌そうな声を出した響くん。

　あはは……やっぱり、ほとんどの男の子はラブストーリーなんて見ないよね……。

「花恋が見たいなら俺はいいけど」

「えっ……」

　充希さんの思わぬ発言に、声が漏れる。

「うん、たまには悪くないかもね」

　じ、仁さんまで……。

「本気ですか……？」

「まあ、俺も先輩たちが言うなら見ますけど。……蛍は帰りや」

「黙れ」

　なんだか映画を見る流れになっていて、ひとりあたふたする。

　い、いいのかなっ……。

「行くぞ」

　天聖さんが、そっと私の背中を押した。

　う、うれしいっ……！

「ありがとうございます……！」

　正直、ひとりで映画を観に行くのは寂しかったし、何より……。

「なんや花恋、めっちゃうれしそうやな」

「えへへ……友達と一緒に映画見るの、夢だったの……！」

　こんなふうに、学校帰りにみんなで映画館に行けるなんて……！

　夢がまたひとつ叶ったっ……。

「……お前はほんまに……泣けてくるわ……」

「地味ノ瀬……お前どんな悲惨な学生生活送ってきたんだよ……」

「こんなので喜ぶなんて、花恋は純粋だね」

　な、なんだか、哀れまれてる……？

「映画なんかいつでも行くし、毎日でも付き合ってやる」

　わしゃわしゃと充希さんに頭を撫でられ、笑顔を返す。

「行きたいとこがあるなら、どこでも言え」

　天聖さんまで……私、ほんとに人に恵まれてるなぁ……。

　改めて、今、そばにいてくれる人たちに感謝した。

天聖宅へ

　映画のストーリーは、身分の異なる男女が、様々な障害を乗り越えて愛を築いていくストーリーだった。
「いや……やっぱ恋愛映画はわからんわ……」
　映画が終わって、響くんがそう言った。
「お前と同意見なのは嫌だけど、俺も理解できない……」
「俺は結構感動したけどね」
「あー……よく寝たわ……」
　蛍くん、仁さん、充希さんも、一様に映画には集中できなかった様子。
「……花恋？」
　天聖さんが、心配そうに私の名前を呼んで、顔を覗き込んでくる。
　私は……。
「ううっ……すごくよかったですっ……」
　感動のあまり、涙が止まらなかった。
「お前……あれで泣けたん？」
「やっすい涙だな……」
　響くんと蛍くんが、驚愕している。
　うっ……これで泣けないみんなのほうが少数派だよっ……。
　思い出すだけでも……ううっ……。
「おい、誰が安いって？」

「ひっ……す、すみません充希さん……」

「花恋、擦るな」

　天聖さんが、ごしごしと目を擦っている私の手を止めた。

　そのまま、長い指で優しく涙を拭ってくれる。

「あ、ありがとうございます……！　もう、平気です」

「あれで泣けるとか、女の思考はわからへんわ……」

　そ、そうかな……感動必至だった気がするけど……。

　ヒーローが主人公の手を取って、プロポーズしたシーンなんて……はぁ……素敵ですごく感動した……。

　公開中に映画館で観れて本当によかったなぁ……！

「花恋、涙もろいんだね」

　仁さんも感動したというわりには、まったく泣いた様子はない。

「あんないい映画みたら、誰でも泣きますよ……！」

「俺らは誰ひとり泣けんかったけど？」

「うっ……」

　せ、説得力が……。

「でも、みんなで映画を観れて、とってもうれしかった……！」

　響くんにそう伝えると、何やらうっ……と眩しそうに目を細めていた。

「そんな純粋な目で見つめんといて……映画の内容はようわからんかったけど、俺もポップコーンうまかったし大満足やで！」

「お前、ほとんどひとりで食っただろ……」

「蛍がもそもそ食ってるからやろ」

「はいはい、映画館出るよ」

　いつものように仁さんがふたりの言い合いを収束させ、みんなで席を立った。

「そろそろ門限近いし、帰ろっか？」

　外に出ると、空はもう真っ暗。

　もう19時前だ……！

　別れるのは寂しいけど、今日はとっても楽しかったから、皆さんに感謝しなきゃっ……！

「……うわ……仁さん、アウトっす」

　何やら、スマホを見て苦笑いしている響くん。

「ん？　どうした？」

「電車、止まったっぽいです」

　え……？

「事故があったっぽくて……いつ動くかわからないって」

「うわ……ほんとだ……」

　響くんのスマホを覗き込んだ仁さんも、困ったように苦笑いを浮かべている。

「道も混んでてタクシーも捕まえられそうにないし……寮も閉まりそうだな……」

　そっか……りょ、寮って、門限があるんだっ……。

　ここから学校まで徒歩で帰れない距離ではないけど、2時間はかかると思う。

「ご、ごめんなさい……！　私が映画を観たいって言った

ばっかりに……」

　寮に帰れなくなるなんて、一大事だっ……。

　どうしよう……。

「花恋のせいじゃないよ。それに、完全に閉まるってわけでもないしね」

「そうそう。俺もよく抜け出してるから平気だ」

「充希、たまに見つかってるけど威嚇して逃げてるだろ……」

　仁さんと充希さんが、気を使ってそう言ってくれるけど、責任を感じてしまう。

「少人数ならどうにか出入りできるけど……4人で帰ったらバレますね」

　寮がどんな場所かわからないけど、蛍くんがそう言うってことは、門限は厳守なはず。

　時間を過ぎてしまったら、もう中には入れないってことかな……。

「ネカフェとかでもいいっすけどねぇ俺は」

「制服だから、どこも泊まれないよ」

　確かに、仁さんの言う通り高校生だけだったらネットカフェやホテルにも泊まれないと思う。

　このままじゃ、みんなが野宿することに……。

　そこまで考えて、私はいいことを思いついた。

「あ、よかったら私の家に来ますか？」

「……は？」

　充希さんがぽかんとしているけど、これは良策だ……！

「もとはと言えば私のせいなので、よかったら1泊していってください」

　みんなを、野宿させるわけにはいかないし、私の家なら4人でも十分泊まれる。

　社長が布団も用意してくれているし、ベッドもふたつある。それに、私がソファで寝て、みんなにはベッドでゆっくり休んでもらおう……！

「花恋の家？　なんか楽しそうやな！」

「……お前はバカなのか？」

「蛍の言うとおりだよ、響。女の子の家に泊まれるわけないでしょ」

　えっ……。

「花恋も、そういうこと俺以外に軽々しく言うな」

「充希が一番ダメだよ」

　そ、そっか……。

　いい考えだと思ったけど、却下されてしまった。

　別にみんな、私のこと女として見てないだろうし、いいかなって思ったんだけど……。

　ここで性別の問題が浮上してしまうとは……。

「じゃあ俺だけ泊まらせてもらう」

　そう言った充希さんを、ほかのみんなが呆れた表情で見つめている。

「……俺の家でいい」

　天聖さん……？

「本気？　天聖、家に人入れるとか絶対嫌がるのに……」

　仁さんが、天聖さんを見ながら驚愕している。

「長王院さんの家……！　い、いいんっすか……!?」

「仕方ないだろ」

　内心は嫌なのか、ため息をついている天聖さん。

「ほんとに花恋のことが大事なんだなぁ」

　え……？

「愛の力ってやつっすか……」

「ちっ……俺は花恋の家がよかったのに……」

「なら、天聖の家で晩飯食おうよ。花恋、遅くなっても大丈夫？」

　仁さんの言葉に、私の目は本日何度目かの輝きを宿した。

　みんなで晩ご飯……！　私もお邪魔していいのかなっ……？

「はい、私の家は天聖さんの……んぐっ」

「近所に住んでる」

　私の言葉を遮るように口をふさぎ、発言した天聖さん。

　と、隣に住んでることは、言っちゃダメなのかもしれない……！

「そっか。なら盛大に歓迎会しよう」

「出前頼むっすか!?」

「そうだね。花恋何食べたい？」

「お肉が食べたいです……！」

「ははっ、素直。じゃあ、行こっか」

　わ〜……！　友達の家で、友達みんなでご飯を食べるなんて……！

　青春だっ……！

「徒歩で帰れる距離じゃない。タクシー乗るぞ」

「オッケー。６人だから３、３に分かれよっか」

「俺、花恋と一緒」

「花恋、こっちに乗れ。響、お前もこっちだ」

「え……！　俺、長王院さんといいんっすか……!?」

「おい！　俺が花恋とって言ってるだろ」

「文句があるならお前は野宿でもしてろ」

「こいつッ……」

「はいはい、じゃあ住所だけ送ってね。天聖の家で合流しよう」

　二手に分かれ、私たちは天聖さんの家に向かった。

「長王院さんの家……ひっろ……!!」

　天聖さんの家に入るなり、響くんが感動している。

　私も家に上がらせてもらうのは初めてだから、緊張してしまう。

　ここが、天聖さんのお家っ……。

　部屋の間取りは私の部屋とほとんど同じだったけど、やっぱりインテリアで部屋の雰囲気はまったく異なるのだと気づいた。

　モノトーンで統一された、シンプルな空間。黒の比率が高く、家具のほとんどはブラックカラー。

　ただ、真っ黒というわけではなく、ところどころに置かれている白のインテリアと観葉植物がセンスのよさを際立

たせている。

　必要最低限のものしか置かれておらず、生活感はほとんどなくて、まるでモデルハウスみたいなかっこよくておしゃれな部屋。

「長王院さんのイメージまんまの部屋っす……」

　響くんの言う通り、まさに天聖さんの部屋って感じだ。

　かっこいいなぁ……！

「ま、まさか、長王院さんの家にお邪魔できるなんて……！」

「響は大げさ。でも、天聖の家は俺も初めて入った」

　仁さんも「天聖、いいとこ住んでるね」と笑っている。

「今回は花恋の家に俺たちを入らせたくないから、仕方なく入れてくれたって感じ？」

「……お前はもう喋るな」

　……ん？

「適当に座れ。ゆっくりしていけばいい」

　天聖さんはそう言って、私の頭を撫でてくれた。

「ありがとうございます……！」

「じゃ、お言葉に甘えて」

「お前はとっとと帰れ」

　ソファにどしっと座った充希さんに、苦笑いする。

　インターホンの音が鳴って、「俺出ます！」と響くんが走っていった。

「お、ピザ届きましたよ〜」

　家に来るまでの間に、響くんたちが注文してくれた料理が次々と届く。

「寿司と肉も来ました」

「ドリンク置きまーす！」

　す、すごい……！　ホームパーティーみたい……！

　天聖さんの家の広いテーブルが、料理で埋め尽くされる。

「じゃあ、乾杯しよっか」

　仁さんの一声に、私も頼んだりんごジュースを持った。

「こほんっ、それじゃあ、俺が乾杯の発声をさせてもらいます」

「早くしろ」

「お前はうるさいんだよ！」

　響くんがもう一度咳払いし、ドリンクの入った紙コップを掲げた。

「花恋、編入おめでとー！」

「え……」

　私がひとり困惑している間、みんなは響くんに続くように「おめでとう」と声を上げてくれた。

「今日は花恋の歓迎会やって言うたやん」

　響くん……。

「それにしても、編入おめでとうって言い方おかしいだろ」

「じゃあなんて言ったらええねん、星学にようこそって？小学生みたいやん」

「まあまあ蛍、祝う気持ちが伝わればなんでもいいよ」

「花恋、これからはずっと俺と一緒だな」

「お前は帰れって言ってるだろーが」

「いって……！　天聖お前……すぐに暴力振るうんじゃ

ねーよ!!」

「花恋、いっつも騒がしくてごめんね。ほら、乾杯してご飯食べよ」

　私は目の前の光景に、感動して胸が熱くなった。

「は、はい……!」

「それじゃあ改めて、花恋が編入してきてくれたことを祝って、かんぱーい」

　仁さんの合図に、天聖さん以外のみんなが「かんぱーい」と口にした。

　私も、戸惑いながら紙コップを合わせる。

「うわ、これうっま!」

「おい響、ひとりで食べるなよ……!」

「ちょっ、蛍それ俺が狙ってた肉や……!」

「俺、花恋の隣〜」

「……」

「おい!　天聖、もっと詰めろよ!!」

「床にでも座ってろ」

「ふたりとも仲良くしなよ。花恋が困って……え?」

　仁さんが私を見ているのがわかる。

　でも、視界が滲んでいて、どんな表情をしているのかはわからなかった。

「どっ……!　か、花恋!?　どうしたん!?」

「な、泣いてんのか地味ノ瀬……?」

「おい、どうした?」

　響くんも蛍くんも、隣にいる充希さんも、心配そうに声

をかけてくれる。

「花恋？」

　いつも以上に優しい声で聞いてくる天聖さん。私は、涙まじりに答えた。

「ご、ごめんなさいっ……あの、楽しくて……」

　私が想像していた以上に、友達と過ごすのが……みんなといるのが楽しすぎて、泣けてきてしまった。

「はぁぁ？　お前、楽しくて泣いてんか？」

　自分でも泣く場面じゃないとわかっているのに、涙が止まらない。

　幸せで幸せで、こんな時間がいつまでも続けばいいのにと願わずにはいられなかった。

　学園に入った最初は、うまくいかなくて、辛くて、苦しかった。

　それでも響くんと蛍くんが私のことを教室で守ってくれて、天聖さんも何度も助けてくれて……。

　編入したことを後悔しそうになっていた私に──こんな楽しい学園生活が待っていたなんて。

「ほんまに……うちの花恋ちゃんは、いちいち感動しすぎやな～」

「はぁ……楽しすぎて泣くってなんだよ……お前ほんとバカだな……」

「花恋、これからもっと楽しくなるよ。だから泣かないで」

「そうだぞ。俺が花恋の人生、めちゃくちゃ楽しくしてや

るから」

「……お前が楽しいなら、それでいい」

　響くん、蛍くん、仁さん、充希さん……天聖さん……。

「私、皆さんが大好きです……仲良くしてくれて、ありが
とうございますっ……」

　心の底からのお礼を伝えて、微笑んだ。

「可愛いこと言うなや～」

「別に仲良くしてるつもりはないけど」

「蛍は素直じゃないな。俺のほうこそ、天聖と充希を手懐
けてくれた花恋には感謝してるよ」

「俺が一番仲良くしてやる」

　みんなの優しい眼差しに、涙がようやく落ち着いた。

　涙を拭うと、天聖さんがいつものように優しく頭を撫で
てくれる。

「ほら、食べないとなくなるぞ」

「はいっ！」

　私はみんなと騒ぎながら、楽しい時間を過ごした。

ピンチ！

　ゆっくりと、意識が戻っていく。

　重たい瞼を開くと、辺りは暗闇に包まれていた。

　あれ……？

　よく見ると、周りにみんなが眠っている。

　私にだけブランケットと枕が用意されていて、ほかのみんなは床に座ったまま寝ていた。

　思い出した……みんなで食べて話してゲームしたりしたあと……疲れてそのまま眠っちゃったんだっ……。

　響くんなんて、食べながら眠ってしまったのか、目の前にフライドポテトが散らばっていた。

　スマホを見ると、時間は深夜２時。

　どうしよう……お風呂に入りたいし、部屋に帰ろうかな……。

　でも、天聖さんに何も言わずに帰るのは……。

「んー……」

　後ろで、仁さんのうめき声が聞こえた。

　そのまま、ぎゅっと腕を引っ張られる。

「わっ……！」

　引き寄せられたと思ったら、後ろからぎゅっと抱きしめられた。

　じ、仁さん……!?

　寝ぼけているのかな……!?

　腕から逃れようにも、仁さんの力が強すぎてビクともしない。

　は、離れないっ……。

「……か、れん……」

　耳もとで、名前を呼ばれた気がした。

　今の、寝言……？

　寝言で私の名前を呼ぶって……ど、どんな夢を見てるんだろう……？

　と、とりあえず、仁さんから離れなきゃ……！

　そう思い身をよじった時、近くにあったスマホに触ってしまった。

　スマホカバーで、それが仁さんのものだとわかる。

「え……？」

　私が触れたことで、仁さんのスマホがついた。

　その画面に映っていたのは……。

　──私の、アイドル時代の写真だった。

　衝撃のあまり、思考が停止する。

　ま、待って……これ、仁さんのだよね……？

　確認しても、やっぱりこのスマホは仁さんのもので間違いない。

　さっきの寝言……かれんって、私のことじゃなくて、アイドルの……？

　仁さん……も、もしかして、"カレン"のファン……？

　で、でも、カラオケでカレンの話になった時、そんなことひと言も言ってなかったのに……。

　と、というか、この体勢、まずいっ……！

　もし仁さんが本当にカレンのファンなら、あんまり近くにいるとバレるかもしれない。

　私は身の危険を感じ、血の気がさーっと引いた。

「んー……」

　うめき声と共に、仁さんの力が緩んだのを私は見逃さなかった。

　すぐにその腕から逃れて、立ち上がる。

　天聖さん、勝手に出て行ってごめんなさい……！

　私は逃げるように、天聖さんの家を飛び出した。

　自分の部屋に戻ってきて、ひとまず深呼吸をした。

　あのホーム画面……間違いなく映っていたのは私だった……。

　それに、あれは確かファンクラブ会員限定の配布壁紙だった気がする。

　もし本当に仁さんがファンだとしたら……バレるリスクが増えてしまうっ……。

　でも、そんなそぶりは少しも……ううーん……考えても仕方がないよね……。

　それにしても、心臓が止まるかと思った……。

『……か、れん……』

　……と、とにかく、まだ真相がわからないから、考えるのはやめよう。

　眠たいし、お風呂に入って今日は休もう……。

180

　明日、仁さんと顔合わせづらいなぁ……。

　翌朝。いつもの時間に外に出ると、制服を着た天聖さんの姿が。
　ほ、ほかのみんなは……いないっ……。
　仁さんの姿がないことに、内心ほっとする。
「お、おはようございます！」
「ああ。花恋、昨日は悪かったな。俺も寝てた」
　申し訳なさそうに謝る天聖さんに、首を横に振る。
「い、いえ……！　私のほうこそ、勝手に帰ってすみませんでした……！　あの、皆さんは？」
「まだ寝てる。放ってきた」
　あはは……。
　確かに、生徒会があるから早く出ているけど、まだ家を出るには早い時間かもしれない。
　まだ動揺していて、仁さんと顔を合わせるのは気まずかったから、正直助かった。
　って、こんなの仁さんに失礼だよねっ……。
　いつものように、天聖さんと一緒に学校に向かう。
「花恋」
「はい？」
「お前……充希のこと、どう思ってるんだ？」
　突然の質問に、思わず首をかしげた。
「充希さんですか？」
　どうしてそんなこと聞くんだろう……？

「お友達ですけど……どう思ってるっていうのは？」

「男として好きか？」

　えっ……!?

　それって、恋愛対象っていうことだよね……？

「そ、そういうふうには見ていません……！」

　充希さんは、可愛い兄妹のような……そういう存在というか……男の人として見たことは一度もない……！

　充希さんも私を可愛がってくれていると思うけど、ペットを愛でるような感覚だと思う。

「そうか」

　天聖さんは私の返事に、なぜか安堵の息を吐いた。

「安心した」

　安心……？

　何に安心したのかはわからないけど、天聖さんが微笑んだから、私も笑顔を返した。

　天聖さんが笑っていると、私もうれしいっ……。

　学校について、生徒会に行って、授業を受けて……あっという間にお昼休みになった。

　ついに、この時が来てしまった……。

　どんな顔で、仁さんに会えばいいんだろう……。

　悩みながらも、不自然に避けるわけにはいかず、溜まり場の教室に向かう。

　そういえば昨日、起きてなかったよね……？

　私がスマホの画面を見てしまったこと、バレてたりもし

てないかな……？

　考えれば考えるほど不安要素が増えて、表情が強張っていく。

　溜まり場についてしまい、私は意を決して中に入った。

「お、みんなお疲れ様」

　いつも通りの仁さんの姿に、ひとまず安心する。

　でも……仁さんはポーカーフェイスだから……何を考えているかわからないんだっ……。

　恐る恐る、いつものように天聖さんの隣に座った。

　仁さんに何か言われないかと、ひやひやしてしまう。

「花恋」

　……と思っていたら仁さんに名前を呼ばれて、ビクッと肩が震えた。

「は、はいっ……！」

「え？　どうしたのそんなびっくりして」

「い、いえ……！」

　ふ、不審がられてしまった……！

　いつも通り、平常心平常心……。

「昨日はみんな寝ちゃってごめんね」

　あ、そのことか……。

　スマホのことではなかったことに、ほっとする。

「昨日って、どこかに泊まったのか？」

　用事で来られなかった大河さんが、不思議そうな顔をしている。

「ああ、昨日天聖の家に泊まったんだ」

「……天聖の家に？」

「驚いたでしょ？」

「ああ、天聖は頑なに家に人を入れないからな……」

「天聖の家で花恋の歓迎パーティーしたんだよ」

　大河さんは珍しく不満そうな顔をして、「俺がいない時に……」と口にしている。

　いつも冷静で真面目な大河さんの可愛い一面に、仁さんが笑っていた。

「ふっ、大河残念そうな顔してるね。今度またみんなで集まろうよ」

「ああ」

　やっぱり……仁さん、いつも通りだなぁ……。

　昨日のことは、気づかれてないと思っていいかな……。

「……花恋？」

　見つめすぎてしまっていたのか、仁さんが不思議そうにこっちを見た。

「は、はい……！」

「どうしたの？　俺のことじっと見て」

「そ、そんなことは……」

「ていうか、なんか今日の花恋、挙動不審じゃない？」

　……ギ、ギクッ。

　自分から疑われるようなことしてどうするの……！

　私は慌てて、平静を装い、「気のせいだと思います！」と微笑んで見せた。

「そう？　ならいいんだけど」

　よかった……。

　こっそりと、安堵の息を吐く。

　仁さんもいつも通りだし、昨日のはもう見なかったことにしよう……！

　ただ、念のため、仁さんとはふたりきりになったり、あんまり至近距離になるのは避けなきゃ……。

　私は昨晩のことを頭の中から払拭し、そう決意した。

久しぶりの再会

「お疲れ様です」

　生徒会室に入ると、ほかの役員さんたちも挨拶を返してくれた。

　いまだに挨拶が返ってくることに慣れず、そわそわしてしまう。

　でも、生徒会室の中でもずいぶんと居心地がよくなった。

　少しずつだけど、ほかの役員さんたちとも話せるようになって……生徒会の仕事にも、やりがいを感じている。

　陸くんとは相変わらず話していないから、認めてもらえたとはまだ思っていないけれど。

　それに……。

　正道くんと伊波さん、今日も来なかったなぁ……。

　18時が近づき、諦めモードに入った。

　ふたりは……もうこれからずっと、来ないつもりかな……。

　ちゃんと……話せないかな……。

　……正道くんはきっと、私の顔も見たくないだろうけど……。

　ぞろぞろと、ほかの役員さんが帰り始めている。

「花恋、終わったか？」

「はい！」

　　生徒会モードのまこ先輩が、私の机にやってきた。

「ん、花恋も今日はもう上がっていいぞ」

「まこ先輩は？」

「俺は確認しておきたいデータがあるから、それに目を通してから帰る。持ち出し不可だから」

「そうですか、じゃあ、今日は一緒に出れませんね」

　　いつも一緒に生徒会室を出ているから、ちょっとだけ寂しい。

「そ、そんなことでへこむなよ。お前は……」

　　まこ先輩はなぜか頬を赤らめながら、私から視線を逸らした。

「ほら、早く帰れ。長王院天聖が待ってるんだろ」

「はいっ。まこ先輩、また明日」

　　私はひらひらと先輩に手を振って、生徒会室を出た。

「……あいつ、いちいち可愛いな……」

　　まこ先輩がそんなことを呟いていたとは、知る由もなく。

　　天聖さん、今日はもう待ってるかなっ……。

　　急いで、昇降口までの道を歩く。

　　……あれ？

　　廊下の奥から、こっち側に歩いている人を見つけた。

　　こんな時間に人が来るなんて、珍しい。

　　ただでさえ、夜の校舎は人が少ない。

　　……って、伊波さん……？

　　よく見ると、歩いているのは伊波さんだった。

　久しぶりに見る伊波さんは、少し痩せたように思う。

　ど、どうしようっ……。

　今日はもう会わないと思っていたから、心の準備が……。

「……花恋さん？」

　伊波さんも私に気づいたのか、こっちを見て目を見開いていた。

『本当に、すみません……』

　髪を切ろうとした伊波さんの姿がフラッシュバックして、体が強張る。

　あれは命令されて仕方なくしたことだとわかっていながらも、トラウマのように私の体を縛った。

「あ、あの……」

　話したいこと、たくさんあるのに……うまく言葉が出ない……。

　あんなに大好きだった伊波さんが、怖いだなんて……。

　小刻みに震える手を抑えようとした時だった。

　伊波さんが……急に地べたに座り込み、土下座をした。

「い、伊波さん……!?」

　突然の行動に驚き、困惑する。

「申し訳ございませんでした……」

　そう言った伊波さんの声は……震えていた。

「正道様の命令とはいえ、私は花恋さんにひどいことをしました。許していただかなくてもかまいません。あなたにトラウマを植えつけてしまって、本当に……申し訳ありません……」

　伊波さん……。

　床に額を押しつけている伊波さんの手も、よく見ると震えていた。

　まるで、後悔の念に襲われているような伊波さんの姿に、恐怖心がすーっと薄れていく。

　私以上に……伊波さんはあの日のこと、ずっと考えていたのかもしれない。

「や、やめてください伊波さん……！」

　私はその場にしゃがみ込み、伊波さんの顔を覗き込んだ。

「ね、顔を上げてください」

「……」

　恐る恐る顔を上げた伊波さん。苦しそうに揺れている瞳と視線が交わった。

　私より……伊波さんのほうが、よっぽどトラウマになっているのかもしれない。

「私、怒ってないです」

「え……？」

　それは、本心だった。

　伊波さんに対しても、正道くんに対しても……怒りは少しもない。

　ただ……前のように、仲良くなりたかっただけだ。

　あの日のこと……お互いに、引きずらないように、言葉を交わしたかった。

「伊波さんが逆らえなかったこと、わかっています。伊波さんは何も悪くありません。だから……もう謝らないでく

ださい」

　思いつめてしまっている伊波さんの呪縛を解きたくて、安心させるように微笑んで見せた。

　私はもう、平気だから。

　天聖さんが助けてくれたから、誰のことも恨んでいない。

　それに……。

「私のほうこそ、伊波さんにあんな選択をさせてしまってすみませんでした……」

　あの時の伊波さんの謝罪の言葉が、ずっと頭から離れなかったんだ。

　クラスのみんなが見ている前で、伊波さんに選択を迫らせてしまったこと……あんな醜態を晒させてしまったことを、申し訳なく感じていた。

　お互いに罪悪感をもっていたことがわかって、少しだけ安心する。

　私たち……仲直り、できるかな……？

「どうして……」

　伊波さんの、喉の奥から振り絞ったような悲痛の声が響いた。

　そして次の瞬間、私は伊波さんに腕を掴まれた。

　──ぎゅっ。

「えっ……」

　気づいた時には、伊波さんの腕の中だった。

9th STAR
秘めた恋

眩しい人

【side 伊波】
　あの日のことが……頭に焼きついて離れない。

「おい、伊波。こいつの髪を切れ」
「え……？」
「聞こえなかったか？　……おい陸、ハサミを用意しろ」
　ぞっとした。
　正道様の考えに……命令に。この人はここまで堕ちてしまったのかと、失望した。
　そして何より、それに逆らえない自分に絶望した。
「ほら。これでこいつの長ったらしい前髪を切れ」
　女性の髪を切る？　こんな大衆の面前で……？
　その場にいる人間の誰ひとりとして、この状況の異常さに異論を唱える者はいなかった。
　私がおかしいのかと思うほど、ここには微塵のモラルもなかった。
「正道様……それは……」
「なんだ？　俺に刃向かうのか？」
　さすがにこの命令には、従えない。
　花恋さんを傷つけることもしたくはなかった。そして何より、命令に従ってしまえば、自分自身の正義にそむくことになる。

　私は"彼女"に誇れる人間になるために、誰よりも自分自身を誇れるように、真っ当に生きたいと思っている。

　でも……この命令に頷いてしまったら、私も彼らと同じ部類の人間になってしまう。

　花恋さんに対しての罪悪感よりも、自分自身の手を汚すことが嫌だった私は、その時点でこの人たちと同じ悪人だったのかもしれないけれど。

「放課後こそこそと、こいつの手伝いをしていたらしいな。目撃した生徒がいる」

　いったい、誰が……。

「……私は……」

　押しつけられたハサミを握りしめたまま、必死に思考を巡らせた。

　こんなことは間違っている。この命令にそむいたとしても、父さんは許してくれるはずだ。

　主人の命令は絶対とはいえ……私は、悪人にはなりたくない。

　そう思ったけれど、私を見つめる正道様の視線から、逃れることができなかった。

「……正道様の、付き人です……」

　……何をしているんだろう。

　止めるべきだとわかっているのに……断った時にどうなるかが、脳裏によぎって首を縦に振ってしまった。

　ここで私が拒否をして正道様の名誉を傷つけてしまったら……きっと、久世城家からの制裁が待っているに違いな

い。

　それだけは、どうしても避けなければいけなかった。

「お願い、やめてください、会長……」

「少しはマシになるといいな。おい伊波、早くしろ」

　ただ、自分の主人が恐ろしかった。

「伊波、さん……」

　花恋さんの手が、小刻みに震えている。

　その瞳は……必死に、私に助けを求めていた。

「本当に、すみません……」

　私は、最低な人間だ。

「——おい」

　正直、彼が現れて心底安心した。

　花恋さんが長王院天聖の恋人だという事実に驚いたけれど、何よりも自分の手を汚さずに済んだことに私は安堵した。

　そしてそんな自分を、心底嫌いになった。

　"彼女"に誇れる人間になりたいと思った自分は、いったいどこにいってしまったんだろう。

　きっと今の私を彼女が見たら……失望と軽蔑（けいべつ）の眼差しを向けるだろう。

　あのあとのことは、よく覚えていない。……というより、あの日の記憶を抹消（まっしょう）したくて、忘れようとしていた。

　正道様はあの事件でプライドを傷つけられ、実家に戻り学校へ来なくなってしまった。

　正道様のご両親がたいそう心配しているため、私も学校

へ行くように提案はしたものの、頑なに首を縦に振らない正道様。

どうすることもできず、時間だけが過ぎていた。

ただ、曲がりなりにも会長と副会長を務めている正道様と私は欠席し続けるわけにもいかない。

私たちしか許されていない仕事もあるため、どうしても行かなければいけない時は生徒会活動を休みにし、生徒会室に誰も寄せつけないようにした。

今日も仕事があったけれど、正道様が行きたくないと言うため、私が代わりに向かった。

18時……この時間ならもう、ほかの役員も帰っているだろう……。

花恋さんも命令制度があるから、もう遅くまで働かされるようなこともなくなったはずだ。

命令制度には、絶対的な力がある。

会長である正道様の権限を、とうに上回るほどの。

正道様が必死に目指し……それでも手の届かなかったシリウスの座。

命令制度が発令されたことにより、正道様でさえ花恋さんには手を出せなくなってしまった。

プライドが高い正道様にとって、それが一番許せないのだろうと思う。

私としては……これ以上無害な花恋さんに被害が及ぶことがなくなり、安心した。

彼女はきっと……私のことなんてもう、嫌っているだろ

うけれど。

　嫌われるには十分すぎることをしてしまったから、仕方がない。

　長王院天聖の後ろ盾がある今の彼女なら……自分をいじめた私たちを追放するかもしれない。

　もちろん、そうなった時は……きちんと処罰を受け入れるつもりだ。

　そう、覚悟していた。

　上靴に履き替え、生徒会室に向かう。

　その途中、廊下の奥に女子生徒の姿が見えた。

　あれは……。

「……花恋さん？」

　向こうも私に気づいたのか、大きく目を見開かせていた。

　その瞳が、怯えているように見えた。

　私はすぐに、頭を下げた。

　彼女へ、せめて謝罪がしたかった。こんな謝罪、独りよがりだとわかってはいても。

「い、伊波さん……!?」

「申し訳ございませんでした……」

　私のことは……もうどうにでもしてくれてかまわない。

　彼女の髪を切るという選択をとった時点で、私はもう悪人になったから。

　正真正銘……正道様の犬に成り下がった。

「正道様の命令とはいえ、私は花恋さんにひどいことをし

ました。許していただかなくてもかまいません。あなたに
トラウマを植えつけてしまって、本当に……申し訳ありま
せん……」

　なんて惨めで、かっこ悪い人間なんだろう、私は。

　こんな私は……もう、"彼女"に会う資格もない。

　花恋さんは怒っているだろうか。……当たり前だ。

　ただ、彼女の声に似ている花恋さんに、罵倒されること
だけは嫌だった。

　踏みつけられるかもしれないとすら覚悟した私に届いた
のは……。

「や、やめてください伊波さん……！」

　……いつもと変わらない、優しい声だった。

「ね、顔を上げてください」

「……」

　恐る恐る、顔を上げる。

「私、怒ってないです」

「え……？」

　嘘だと思った。

　あんなことをされて、怒らない人間がいるはずがない。

　なのに……。

　視界に映った彼女の瞳は、いつもと変わらなかった。

「伊波さんが逆らえなかったこと、わかっています。伊波
さんは何も悪くありません。だから……もう謝らないでく
ださい」

　そう言って微笑んでくれる花恋さんに、唖然とする。

「私のほうこそ、伊波さんにあんな選択をさせてしまって
すみませんでした……」

　あろうことか、彼女は何も悪くないはずなのに、謝罪ま
でしてきた。

「どうして……」

「えっ……」

　私は気づけば、彼女を抱きしめていた。

　意味がわからなかった。

　きっと私を軽蔑して、復讐を考えているに違いないとす
ら思っていた。

　正道様だって、彼女に屈するのが嫌だと言いつつ、実際
のところは彼女が長王院さんを味方につけ仕返しをしてく
るのではないかと恐れている。

　そのくらい、彼女にはひどい仕打ちをしたという自覚が
あった。

　それなのにどうして、相変わらず眩しい笑顔を私なんか
に向けてくれるんだろう。

「本当に……申し訳ありません……」

　花恋さんの体は華奢だった。

　強く抱きしめたら、壊れてしまいそう。

　こんなにも弱い人を、傷つけようとしたのだと思うと、
益々後悔の念に襲われる。

「そ、そんなに謝らないでください……！　もういいです
から……！」

　……謝っても、謝り足りないのに……。

「総長さま、溺愛中につき。」シリーズ

ケータイ小説文庫では全4巻＋SPECIAL番外編発売中！

『総長さま、溺愛中につき。①
転校先は、最強男子だらけ』
定価814円
（本体740円＋税10%）

児童文庫も
発売中！

『総長さま、溺愛中につき。①～転校先は、最強男子だらけ～』定価649円（本体590円＋税10%）
『総長さま、溺愛中につき。②～クールな総長の甘い告白～』定価649円（本体590円＋税10%）
『総長さま、溺愛中につき。③～暴走レベルの危険な独占愛～』定価649円（本体590円＋税10%）
『総長さま、溺愛中につき。④～最強男子の愛は永遠に～』定価649円（本体590円＋税10%）
『総長さま、溺愛中につき。SPECIAL ～最大級に愛されちゃってます～』定価671円（本体610円＋税10%）

地味子（じみこ）の正体（しょうたい）は、ケンカ最強（さいきょう）の美少女（びしょうじょ）だった！？

← 同一人物（どういつじんぶつ）

白咲由姫（しろさきゆき） 通り名（とおりな）／サラ

ワケありで地味子ちゃんに変装（へんそう）中。本来（ほんらい）の姿（すがた）はとてつもなくかわいいが本人（ほんにん）は気（き）づいていない。曲（ま）がったことが大嫌（だいきら）いで、ケンカは負（ま）けなし。実（じつ）は昔（むかし）、最強（さいきょう）の伝説（でんせつ）を作ったことがあるようで……？

『総長さま、溺愛中につき。④〜最強男子（だんし）の愛（あい）は永遠（えいえん）に〜』
★あいら★／著、朝香（あさか）のり／イラスト

ウィッグをとり、正体（しょうたい）を明かす最強（さいきょう）の美少女（びしょうじょ）サラ

溺愛（できあい）の暴走（ぼうそう）が止（と）まらない

"サラ"の名（な）で暴走族（ぼうそうぞく）を潰（つぶ）した伝説（でんせつ）を持（も）つ、ケンカ最強（さいきょう）の美少女（びしょうじょ）・由姫（ゆき）。ある事情（じじょう）で地味子（じみこ）に変装（へんそう）し編入（へんにゅう）することになったけど、そこはお金持（かねも）ちな超（ちょう）イケメン不良男子（ふりょうだんし）だらけの全寮制高校（ぜんりょうせいこうこう）だった！さらに手違（てちが）いからNo.1暴走族（ぼうそうぞく）の総長（そうちょう）で女嫌（おんなぎら）いの蓮（れん）と隣（となり）の部屋（へや）になったり、暴走族（ぼうそうぞく）のメンバーと仲良（なかよ）くなったり、由姫（ゆき）を巡（めぐ）る恋（こい）のバトルが勃発（ぼっぱつ）して…!?かくれ美少女（びしょうじょ）の由姫（ゆき）は、イケメン不良（ふりょう）くんたちに気（き）に入（い）られてしまい、溺愛（できあい）の暴走（ぼうそう）が止（と）まらない！

『総長さま、溺愛中につき。⑥〜クールな総長（そうちょう）の甘（あま）い告白（こくはく）〜』
★あいら★／著、朝香（あさか）のり／イラスト

「伊波さんに会えて、ちゃんと話せてよかったです。ずっと生徒会室に来ていなかったから……心配だったんです」

　私なんて……心配される価値もない人間なのに……。

　慈悲深すぎる彼女を前に、自分の醜さが露わになる。

　ただ……花恋さんの優しさに、心から感謝した。

「会長も……」

　正道様……？

　何か言いたげに口を開いて、言い淀んだ花恋さん。

　少し考えたのちに、困ったように笑った。

「……いえ、なんでもありません」

　この人は、きっと全部わかっているんだ。

　正道様が、花恋さんからの慰めの言葉を一番嫌がるということも分かった上で、言葉を飲み込んだんだ。

　どうして私と正道様にさえ優しくしてくれるのだろうと、不思議でたまらない。

　彼女の優しさが、痛々しくさえ思えた。

　この人は……こんなに優しくて、この先生きていけるのだろうか。

「あっ……そういえば、怪我は平気ですか？」

　怪我？

　もしかして、長王院さんに蹴られたことを心配してくれている……？

　——優しすぎて、苦しくなった。

「どうして、俺なんかの心配を、してくれるんですか……」

「……え？」

つい、素の一人称が口をつく。

花恋さんは私を見て、もう一度微笑んだ。

「お友達だからですよ」

……っ。

「まだ……私と、友達でいてくれるんですか？」

裏切ったのに……？

「もちろんです……！　あっあの、伊波さんが、嫌でなければ……」

嫌なわけが、ない……。

きっと花恋さんの周りには今、友人が溢れていることだろう。

最近はLOSTの溜まり場にも出入りしていると聞いた。私のような人間と友達になんてならなくとも、彼女は人に恵まれているのに……それでも私と友人でいたいと言ってくれた。

「ありがとうございます……」

私は……今度こそ、彼女の友人として、ふさわしい人間になろう。

そう、心に誓った。

「って、生徒会室に行く途中でしたか？　引き止めてしまってすみません……！」

「いえ……私も、花恋さんと話せてよかったです……」

花恋さんの言葉と笑顔に、救われた。

ここ数日はよく眠れなかったけど、今日はぐっすりと眠れそうな気がした。

「ふふっ、また今度、ゆっくりお話ししましょうねっ。そ
れじゃあ」

　手を振って、去っていった花恋さん。

　私はその後ろ姿を見つめながら、引き止めたい衝動に駆
られた。

　どうしてだろう……心が、彼女を欲している。

　花恋さんの眩しさに、手を伸ばしそうになった。

　華奢な体を、離したくはないと思った。

　優しくされたからって……いったい何を思っているんだ
ろう、私は。

　私の心はあの日、彼女に──カレンに奪われたはずだっ
たのに。

届いて

昨日、伊波さんときちんと話すことができた。

突然抱きしめられて驚いたけれど、伊波さんはあの出来事を謝ってくれて、友達でいてくれると言ってくれた。

伊波さんとのわだかまりが解けたことはうれしいけれど……まだ、問題は残ってる。

一番の問題は……正道くんだ。

まだあれから一度も会ってないし……せめて、生徒会に顔を出してほしい。

今、どこで何をしてるのかな……。

『カレンは世界一素敵なアイドルだよ』

『これからもずっと応援してるね』

心配だよ……正道くん……。

会長としての正道くんに対して恐怖心もあるけど、やっぱりファンとして、応援してくれていた優しい正道くんの思い出だってある。

せめて、元気にしてるかどうかだけでも、気になるな……。

「今日の放課後も、生徒会休みらしいわよ」

まこ先輩とふたりで荷物を運んでいる最中、そう報告を受けた。

「えっ……今日もですか？」

「ええ。最近多いわね」

　まこ先輩の言い方からして、私が編入してくる前も休みになることは少なかったみたいだ。

　何か理由があるのかな……？

「何？　寂しそうね」

「そ、そんなふうに見えましたか？」

　確かに、生徒会が休みになってうれしいっていう感情はない。

　最近、活動することにやりがいを感じているから。

「まこ先輩のおかげで、生徒会の活動が楽しくなってきたからかもしれません」

　そう言って微笑むと、まこ先輩は鳩が豆鉄砲を食らったような顔をした。

「……あんた、人たらし？」

「え？」

「はぁ……地味なくせに小悪魔なんて、嫌になるわ」

「こ、小悪魔……？」

「ていうか、そろそろあたしに着飾らせなさいよ。あんたのこと、今よりは可愛くしてあげるから」

　ぎ、ぎくっ……。

「わ、私は地味なほうが落ち着くんです……！」

　着飾るって……そんなことしたら、変装がバレる……！

　まこ先輩は定期的に私の見た目をどうにかしようとしてくるから、気が休まらないっ……。

　私は荷物を持ったまま、逃げるように走った。

「あっ……こら！　待ちなさい……！　あんたすぐ迷子になるんだから……！」

　今日も、まこ先輩の着飾り計画を阻止できた……。

　朝の生徒会が終わり、教室に戻る。

　まこ先輩、この前なんて急にメガネ取ろうとしたし……油断ならないよ……。

「……最近、久世城様見ないよね」

　えっ……？

　少し離れた場所から、女の子の声が聞こえた。

「だよね。学校休んでるらしいよ」

「あんなことがあったら来れないでしょ〜」

　正道くんの話、だよね……。

　女の子たちの会話に、思わず足を止めた。

「長王院様たちが出て行ったあと、久世城様の顔、真っ青だったもん」

　……そう、だったんだ……。

「会長、かっこいいんだけど……やっぱり長王院様には勝てないよね……」

「わかる。十分素敵だけど、会長なのに首席じゃないって……ちょっと……」

「でも、目の保養だから早く来てほしいなぁ〜」

　……これ以上の盗み聞きは、やめておこう……。

　この先の話を聞いても、胸が痛むだけな気がした。

　正道くんが……この学園で、どういう立ち位置にいるの

か、少しずつわかってきた。

あの事件の時……天聖さんを見る正道くんの目に、ずっと怯えがあった。

正道くんが天聖さんを脅威に感じているのだとわかったけど……今までこうして、比べられ続けてきたからなのかもしれない。

こんなふうに言われること、珍しくないのかな……？

今まで、どんな気持ちで生徒会長をしていたんだろう……。

最近……正道くんのことを思うと、ずっと胸が苦しい……。

その日は一日中、正道くんのことが頭から離れなかった。

私のせいで学校に来ていないことは理解しつつ、心配せずにはいられなかった。

放課後になり、いつものように生徒会室に向かう。

正道くん、朝はいなかったけど、放課後はいたりしないかな……。

って、忘れてた……！

「そういえば、今日生徒会休みだったんだ……！」

生徒会室の前まで来てからまこ先輩に言われていたことを思い出し、ハッと我に返る。

ダメだ……今日は、正道くんのことで頭がいっぱいで、ずっと上の空だった……。

天聖さんに、連絡しなきゃっ……。

メッセージを送ったあと、ロッカーに宿題に必要な参考書を入れっぱなしだったことに気づき、ついでにとって帰ろうと生徒会室に入った。

あれ……？

中に入った時、生徒会室内に人影があることに気づく。

よく見ると、そこにいたのは正道くんだった。

……っ。

久しぶりに見る、正道くんの姿。

正道くんはイヤホンをしていて、私に気づいていない。

ぼうっと、外を眺めている。

こ、この前もこんなことあった気がする……で、デジャブだ……。

どうしよう……見つかったら、まずいかもしれない……。

それにしても、休みの日にいるってことは……もしかしたら生徒会が休みの日は、正道くんが来ていたのかもしれない。

私に会いたくないから、生徒会の活動ごと休みにしたのかな……？

こっそり出ていかないとと思いながら、ゆっくり後ろへと下がる。

その途中、ちらりと横目で正道くんを見た。

正道くん……元気がない……。

外を眺めている目には、覇気がない。顔色も、よくないように見える。

久しぶりに会った正道くんは、お世辞にも元気とはいえ

ない様子だった。

　話したいけど、話せない。

　今きっと私は、正道くんにとって一番会いたくない相手
だろうから。

　ドアを開けようと、ゆっくりと手を伸ばした時だった。

「カレン……」

「……!?」

　声が出そうになって、慌てて堪える。

　もしかして……また、私の曲を聴いてくれてるの……？

　伸ばした手を下ろして、正道くんを見た。

　正道くんは……。

「僕はもう、どうすればいいかわからないんだ……」

　──今にも、泣き出しそうな顔をしていた。

「君がいない世界で……どう頑張ればいいのか、わからな
い……っ」

　……っ。

「君に……会いたいっ……」

　私は正道くんの叫びに、息を押し殺した。

　私の瞳から、ただ静かに涙が溢れた。

　正道くんへの罪悪感で、胸がいっぱいになった。

　ずっと、苦しんでいたのかな……。

『引退しても、元気に過ごしてね』

『カレンは誰よりも頑張ったよ』

　いつも私を励ましてくれたそばで……本当は、本音を押
し殺していたの……？

　古くからのファンの人の中で唯一、私にアイドルを続け
てほしいと言わなかった人。

　そんな正道くんが……本当は誰よりも、引退を惜しんで
くれていたのだと、この時ようやく気づいた。

　苦しい……。

　正道くんの本音に、胸がはりさけそうだった。

　いつだって私を励ましてくれた、応援してくれた人が苦
しんでいる。その事実に対して、何もできないことが悔し
い。

　私はもうここにいちゃいけないと思い、足音をたてない
ように、そっと生徒会室から出た。

　どうしよう……私は、どうすれば正道くんを苦しみから
解放してあげられるんだろう。

　本当は、名乗り出てしまいたかった。

　でも……今さら、私がカレンだなんて言えない。

　まさか自分がドブネズミと呼んでいた相手がファンだっ
たアイドルなんて知ったら……正道くんはますます苦しん
でしまう気がした。

　いつだって元気をくれた正道くんに……私だって、元気
を届けたい。

　私が大好きだった……。

『カレン……！』

　──あの笑顔を、もう一度見たいよ……。

　……そうだ。

　あることを思いついて、ハッとする。

　この方法なら……いやでも、そんなことをしていいのか
な……。

　ひとりのファンの人に対して特別にお返しをするなん
て、本当はいけないことだと思う。

　ましてや私は、もう引退したアイドル。

　でも……これしか方法がないなら……。

　正道くんのためなら……。

　私は意を決して、その案を決行することにした。

　待っててね、正道くん。

　今度は私が──正道くんを救うから。

カレン

【side 正道】

　僕にとって、カレンは世界のすべてだった。

　だって僕の人生は──カレンに出会って、始まったのだから。

　僕は昔、醜い容姿をしていた。

　丸々と太り、肌は荒れ、今とは程遠い見た目だった。

　もちろん、そんな僕に周囲の女性は冷たかった。

「見て、久世城さんよ……」

「相変わらず、残念すぎるわね……」

「久世城グループの子息とはいえ、さすがにあんな人とはお付き合いできないわぁ」

　どこへ行っても、好奇の目に晒される。

　パーティーのような華やかな場はとくに嫌いだったけれど、久世城家の跡取りとして、欠席は許されなかった。

　母さんも、僕に対しては冷たかったし、顔を合わせればため息をつかれた。

「あなたのその見た目、どうにかならないの……？　一緒に歩くのが恥ずかしいわ」

「お前、なんてことを言うんだ」

　父さんはかばってくれたけど、僕が母さんを嫌いになるには十分すぎるほどの扱いを受けてきた。

僕だって……好きでこの容姿になったわけじゃない。

母親にすら除け者扱いされている僕に、生きている意味なんてあるんだろうか。

生まれて……こなければよかった……。

久世城家の教育は厳しく、僕のストレス発散方法は主に暴食だった。

母さんに小言を言われたあとも、いつも暴食に走っていたし、この悪循環をもう自分ではどうすることもできなかったんだ。

そんな時——カレンに出会った。

中学１年の頃だった。

買い物をしていた時、偶然モニターに映っていた【美しすぎる新人アイドル】と書かれた写真。

そこに映っていたカレンを見て……僕はこんなにも美しい人間がこの世に存在するのかと、衝撃を受けた。

それから、テレビでカレンが出る番組はすべて欠かさずチェックしたし、雑誌やCDも欠かさず買った。

ただ、直接会うイベントには行けなかった。

きっと……こんなにも醜い僕が行ったら、カレンに気持ち悪がられるだろう。

綺麗な彼女の顔が歪むのを想像するだけで、怖かった。

カレンを好きになって、１年くらいが経った日。

学校の行事で、長王院グループの所有するホールを借りて著名人のライブが行われるイベントがあった。

　クラシックやミュージカルなど、ジャンルは様々で、鑑賞会委員が招待するアーティストを決めるらしい。

　その中に……カレンの名前があった。

　えっ……カレンが、来るの……？

　どうしよう……見たい。でも……カレンの視界に、映りたくない……。

　僕は……醜いから……。

『久世城さんの婚約者に選ばれるのだけは嫌よね』

『そうなったら地獄よ地獄』

『いつもおどおどして、何を言っているのかもわからないし……正直気持ち悪い』

　今まで女性に言われた数々の言葉が、深いトラウマになっていた。

　だからその日も……本当は、隅でこっそりと、ライブを観ようと思っていたんだ。

　どうしよう……遅刻してしまったっ……。

　本物のカレンを見れると思ったら、昨日は寝つけなくて、その上寝坊してしまった。

　まだカレンのステージは始まっていないだろうけど……早く行かなきゃ。

　急いで、観客席に向かう。

「ここ、どこだろう……」

　──え？

　不安そうな、聞き覚えのある声がした。

　何度も何度も聞いた声だ。僕がこの声を、聞き間違える
はずがない。

　声の聞こえたほうを見ると、そこには──カレンの姿が
あった。

「……っ」

　本物の彼女は、画面越しに観る何倍も美しかった。

　現実なのかと疑うほどに。

「カレン……」

　思わず、名前を口にしてしまった。

　僕の声が聞こえたのか、カレンがこっちを見た。

　驚いた表情で、僕を見ているカレン。

　カレンの瞳に……僕が映っている。

　うれしいという感情よりも、恐怖が先にきた。

　どうしよう……気持ち悪がられるっ……。

　カレンの……幻滅した顔なんて見たくない。

　ほかの女性たちみたいに……汚い言葉を口にするカレン
を、見たくなかった。

　それなのに、なぜかカレンは僕のほうに近づいてくる。

「えっ……あっ……」

　意味がわからず、僕はその場から動けなくなった。

　近づけば近づくほど、カレンの綺麗な顔がはっきりと見
える。

　美し、すぎる……。

　でもそれは同時に、僕の醜い顔もカレンにはっきりと見
えているってことだ。

　何を言われるのか、心底怖かった。

「もしかして、私のこと知ってますか……？」

　怯えている僕に届いた、カレンのうれしい声。

「は、はい……ご、ごめんなさいっ……」

　僕は思わず、謝っていた。

　こんなに醜い僕が……君のような美しい人を好きになってしまって……ごめんなさい……。

「どうして謝るんですか……！」

　カレンは、驚いた表情で僕を見ている。

　どうしてって……。

「あの……ずっと、好きで……声をかけて、しまって……ぼ、僕、気持ち悪いのに……」

　カレンに声をかける資格なんてないのに……。

「気持ち悪い？　そんなはずないのにっ」

　カレンはすっと、僕に手を延ばしてきた。

　……っ、え？

　カレンの小さくて細くて綺麗な手が、僕の醜い手をとる。

　驚いてカレンを見つめると、カレンは──僕を見て、優しく微笑んだ。

「私は好きになってもらえて、とってもうれしいです」

「……っ」

　誰かにこんなにも純粋な笑顔を向けられたのは、初めてだった。

　僕を見る人間の目にはいつだって、愛想笑いや嫌悪感が映っていたのに……カレンの笑顔には、少しの曇りもない。

　こんなに醜い僕の好意を……うれしいと言ってくれた。

　──この瞬間、僕の世界が変わったんだ。

　偶然モニターに映ったカレンに惹かれたけれど……あれは、間違いなんかじゃなかった。

「いつも……幸せにしてくれて、ありがとう……」

　運命だったんだと、本気で思った。

「私のほうこそっ！　応援してくれてありがとう！」

　カレンの笑顔がただ綺麗で、息を飲む。

　まるで時が止まったように感じた。

「あっ……私、これから向かわなきゃいけないところがあるんです……！」

　急いでいるのか、カレンの手が離れていく。

「これからも、幸せを届けられるように頑張りますね……！」

　カレンは笑顔を残して、去っていった。

　ひとり残された僕は、放心状態になって少しの間立ち尽くしていた。

　誰かに笑顔を向けられるのって……こんなにも、うれしいんだ。

　カレンは見た目だけではなく、心まで美しい人なんだ。

　幻滅されなくて……よかった……。

　気持ち悪がられなくて……よかった……っ。

　その後、僕は客席に向かい、カレンのステージが始まるのを待った。

　カレンの出番になり、ステージに目を向ける。

　マイクを持ち、笑顔で踊りながら歌っているカレンの姿。

　観客席にいる人間すべてが、彼女の美しさに魅了されていた。

　すごいな……。

　きっとカレンは、もっと手の届かない存在になっていくんだろうな……。

　これから今よりずっと人気が出て、いろんな人間に見つかっていくだろう。

　容姿はもちろんのこと、歌もダンスも完璧だ。

　きっと……血の滲むような努力をしてきたはずだ。

　でも……頑張っている彼女を見ているだけの僕は、何をしているんだろう。

　僕だって……頑張らなきゃ。

　彼女に……近づきたい。

　あの笑顔を──もう一度、向けてほしい。

　その日から僕は、必死に容姿を磨いた。

　幸い環境には恵まれていたから、プロのトレーナーに食事管理と運動のメニューを組んでもらい、それに従って毎日努力を続けた。

　食事を我慢するのは苦しかったけど、カレンも頑張っていると思うと、苦ではなかった。

　カレンの曲を聴いて、必死に努力をした。

　トレーナーの指導もよかったのか、変化は早く訪れた。

　乱れた食生活を見直すことで肌の荒れは収まり、とても太っていたため痩せるのも早かった。

　そして、容姿が変化するにつれ、周りの環境も変わった。

「久世城くん、最近かっこよくなったよね……！」

「あたし、狙っちゃおうかな」

「えー、ずるいわよ！　あたし、今度のパーティーで声を
かけるつもりなのに」

「勉強もできる人だし、見た目がよくなって欠点がなくなっ
たわよね」

　僕は手のひらを返すように急に態度を変えてきた周りの
女性たちが……正直とても気持ち悪く、受け入れられな
かった。

　今まで僕を醜いと蔑んだ女性が、突然自分に色目を使い
だしたことに激しい拒絶反応を起こした。

　結局は見た目がすべてなのだと、この世界の醜い摂理に
気づいてしまった。

　何より……。

「やっぱり、正道はわたしの子どもだからかっこいい子に
育つと信じていたわ」

　突然、過保護になり、僕を評価し始めた母親に対しては
嫌悪感しか抱けなかった。

　僕は女性が嫌いになり、近づいてくる女性はすべて拒絶
するようになった。

　醜い僕には、振り向きもしなかったくせに……。

　僕自身を見てくれたのは……カレンだけだった。

　だから……僕も、カレンだけしか見えない。

　ほかの女なんて、近づいてくれるな。

　僕はカレンのために——今の容姿を手に入れたんだ。

　トレーニングを始めて1年足らずで、僕は完璧に近いスタイルを手に入れた。

　本当はもっと男らしくなりたかったけれど、筋肉がつきにくい体質らしく自分にあった最高の状態を目指した。

　今の僕なら……カレンに、近づけたかもしれない。

　僕は、初めてカレンのイベントというものに参加することにした。

　ただ……ひとつだけ、懸念があった。

　容姿の変化と共に周りの環境が変わったことで、女性不信に拍車がかかっていた。

　女性に触れると、蕁麻疹が出るほど。

　カレンのことは変わらず好き……いや、前以上に好きになっているけど、どんな反応をされるのか、正直怖かった。

　僕が心から好きになったのは、醜い僕でも好きだと言ってくれたカレン。

　だから……久しぶりにカレンに会えることへの喜びと同じくらい、不安もあった。

　握手会について、整理券を手に入れるためCDをとりあえず数百枚買った。

　数百枚買えばカレンと5分間も話せるのかと、感動した。

「次の方、どうぞ」

　その言葉に、深呼吸をする。

　ゆっくりと仕切られている部屋に入ると——そこには会

いたくてたまらなかったカレンの姿があった。

「……っ」

　１年が経ったからか、前よりも大人びた気がした。

　前以上に、綺麗になっていたカレンの姿に、僕は動揺の
あまりその場から動けなくなった。

　立ち尽くした僕を見て、カレンが手を伸ばしてくれた。

「来てくれてありがとうございます！」

　あっ……そうだ、握手……。

　僕は伸ばされた手を、そっと握る。

　あの頃と変わらない、小さな手。

　僕のことを、救ってくれた手。

　蕁麻疹は出る気配もなく、当たり前だが嫌悪感も少しも
ない。

　やっぱり……カレンは、特別だ。

　カレンのことを、じっと見つめる。

　ええっと、何を言えばいいんだっ……。言いたいことは
山ほどあるのに、言葉が出てこない。

「生まれてきてくれて、ありがとうございます……」

　とっさに、僕の口から出ていた言葉。

　それと同時に、瞳から涙も溢れた。

　カレンは僕の涙に驚きながらも、小さな唇を開いた。

「それじゃあ私からも……」

　ふわりと、花が咲くような、満面の笑顔が僕だけに向け
られた。

「私を見つけてくれてありがとうございますっ」

　その時の笑顔は——あの日僕を救ってくれた笑顔と、まったく同じものだった。

　瞳から、大粒の涙が溢れる。

　接し方も、向けてくれる笑顔も……あの日のままだ。

　——カレンだけは、変わらなかった。

　醜い僕と、今の僕を見る目が。

　カレンはきっとどんな相手でも変わらず、こうして優しく手を差し伸べてくれるんだ。

　そんな彼女を……僕はますます好きになった。

　僕が完全に女性不信にならなかったのは、カレンのおかげだ。

　カレンのような……心の綺麗な人間もいるのだと知ったから。

「な、泣かないで……！」

「す、すみません……！」

「ふふっ、握手会は初めてですか？」

「は、初めてです……でも、ずっとファンでした……」

　ずっと……僕にとっては、カレンを好きになってからの時間はとても長い期間だった。

　君と出会って世界が輝いて、日々が充実している。

　カレンに出会う前の、日々生きる理由を探していた僕に教えてやりたいくらい。

　こんなにも素敵な女性を、見つけたんだと。

　僕はその日から、カレンのイベントには欠かさず通うようになった。

カレンと会うことだけが、僕の生きがいになった。

カレンと会えるだけで、幸せになれた。

けれど……幸せな時間は、長くは続かなかった。

行き場のない想い

【side 正道】

「私、カレンは……芸能界を引退します！」

　僕はイベントで直接、その言葉を聞いた。

　最初は突然のことに、意味がわからず、受け入れられなかった。

　いん、たい……？

　今までのように、カレンに会えなくなるのか……？

　どこかで、まだまだアイドルとしてのカレンを見守っていられると思っていた。

　まだ中学3年生のカレン。アイドルとして、先長く活動していくのだろうなと、勝手に思っていた。

　しかも、アイドルをやめたとしても、カレンなら女優に転身してずっと芸能界にい続けるだろうと……勝手に思っていたから……。

　その報告は、衝撃だった。

　カレンの所属する芸能事務所は、久世城グループと繋がりがあったから、いつかカレンと仕事を通してファンとしてではなく関わって、友人から……なんて、バカみたいに思っていた僕には、受け止めきれなかったんだ。

　嫌だ……やめないでほしい。カレンに会うことだけが、カレンだけが僕の生きがいなんだ。

　でも……そんな言葉で、カレンを縛りたくもない。

　カレンだけは……、世界中の誰よりも、幸せになってほしいから。

　それに、きっと事前に引退を報告してくれたのはカレンの優しさだと思う。

　電撃で引退するなんて珍しいことではないだろうし、芸能界から引退するのだとしたら……半年前に引退宣言をするメリットがない。

　僕たちファンに、猶予（ゆうよ）をくれたのではないかと勝手に考えていた。

　引退発表後、初めての握手会。

　まだ引退を受け入れられずにいたけど、いつも通りふるまおうと思っていた。

　いなくならないでほしいという僕のエゴを、カレンに押しつけるのだけは嫌だ。

　この気持ちは、僕の心の中だけで留めておかなければ。

「次の方、どうぞ」

　どうしよう……いつも以上に、緊張してしまう……。

　ゆっくりと、カレンのいる仕切られた部屋に入る。

　視界に映ったカレンは、いつものように笑顔を向けてくれた。

「正道くん……今日も来てくれてありがとう！」

　カレンの笑顔が陰っている。本人は元気にふるまおうとしているのかもしれないけど、カレンばかり見ている僕にはわかってしまった。

　もしかして……ほかのファンたちに、何か言われたのか……。

　引退が決まった直後の握手会だ。きっと引退について、とやかく言われたに違いない。

　苦しんでいるカレンの姿を、見ていられなかった。

　カレンにはいつだって……笑っていてほしいんだ。

「カレン！　引退のこと……事前に伝えてくれて、ありがとう！」

　僕は満面の笑顔で、カレンに伝えた。

　まずはそのお礼を言うって決めていたから。

「カレンが決めた道なら、僕は応援するよ！」

　本当は、僕だってカレンを引き止めたい。

　でも……それは僕のエゴで、カレンを苦しめることになるだけだ。

「引退したら、ゆっくり休んでほしい。カレンはもう十分すぎるほど頑張ってくれたから！」

　その言葉は、本心だった。きっと休みなく働いて、普通の学生が送る青春さえ捨ててきただろうから……とにかく休んで、好きなことをしてほしい。

　君が幸せなら僕も幸せだ、なんて、いつかの恋愛小説で読んだようなことを本気で思った。

　カレンが僕を見ながら、固まっている。

　その瞳から……大粒の涙が溢れ出した。

「か、カレン!?」

　カレンの涙なんて、初めて見た。

　……やっぱり、心ない言葉を投げられていたのかな……。

　僕だけは……カレンを笑顔で、送り出してあげたい。

　これがさよならなんかじゃないんだから。

　アイドルをやめたって……僕は君のことを諦められない
し、君といられるなら、どんな努力だってするよ。

「ありがとう……ありがとう正道くん」

　君がいつだって僕に笑顔をくれたように……僕が、君を
笑顔にしたい。

「な、泣かないで……！」

「えへへ……泣いてごめんなさい。半年間は、ファンの人
にたくさん恩返しできるように頑張るね！」

「恩を返さなければいけないのは僕たちのほうだよ。カレ
ンに出会えなければ、今の僕は……」

　この世に、存在さえしていなかったかもしれない。

　そのくらいどん底にいた僕を、君は救ってくれたんだよ、
カレン。

「本当に、感謝しているんだ」

　君は僕にとっての——すべてなんだ。

　いつか……君の隣に、立ちたい……。

「カレンの引退ももうすぐだね」

「うん……握手会も、あと2回になっちゃった」

　今日と、次で最後の握手会。

　今までは2ヶ月に一度は会えていたけど……当分、会え
なくなってしまうのか。

　　……やっぱり……嫌だ……。

「カレン」

「はあい？」

　僕は……カレンに会えないなんて、無理だ……。

　だから、次の握手会で……。

「今年こそ、僕は一番になってみせる。そうしたら、カレ
ンに伝えたいことがあるんだ……」

　──カレンに、僕の気持ちを伝えたい。

　迷惑になることくらいわかってる。一ファンからの告白
なんて。

　でも……諦められなかった。

　１週間後の最後の試験で、来年度のシリウスが決まる。

　星ノ望学園の歴代シリウスたちは、ほとんどの人間が今
も世界の最前線で活躍している。

　僕もシリウスになれたなら……少しは、カレンにふさわ
しい人間になれるだろうか。

　なって……みせる、絶対に……。

　そういえば、シリウスの命令制度を使えば……カレンに
会えたり、するんだろうか。

　いや、そんな私利私欲のために命令制度を使うのは……
カレンも迷惑かもしれないし……でも……。

　今は考えている場合じゃないな。……悩むのは、シリウ
スになってからだ。

　僕はその日帰ってから、テストまでの間、空いているす

べての時間を勉強に注いだ。

　現状、シリウスの候補は僕と長王院天聖。

　シリウスの選定は１年間の成績すべてが対象になるため、今の段階では負けているが、まだチャンスはある。

　あいつの学業成績は知らないけれど……僕はあいつとの差は、僅差だと思っていた。

　本当に、死に物狂いで努力したつもりだったんだ。

　そして、発表の日。

　僕は絶望した。長王院天聖との差を……思い知った。

　結果、僕は敗北し、長王院天聖は圧倒的な成績でシリウスの座を勝ち取った。

　しかし奴は、僕が喉から手が出るほど欲しがったシリウスを放棄しようとした。

　許せなかった。

　まるで……僕なんて眼中にないと言われているようで。

　いつだって僕だけが必死に努力をして、奴は真面目に授業にも出席しないくせに、軽々と僕の上を行く。

　カレンに、約束したのに……一番になってみせるって……。

　約束も守れない僕に、カレンに会う資格はない。

「正道様、いいのですか？」

　最後の握手会の日。僕は部屋にこもっていた。

　扉越しに、伊波が声をかけてくる。

「本日が最後の握手会なはずです。話すチャンスも……」

「うるさい……!!　出て行け!!」

　どんな顔をして……カレンに会えばいいのかわからなかった。

　自分が情けなくて、告白なんてできるわけがなかった。

「……失礼いたします」

　最後の握手会だというのに——僕は結局その日、1歩も家から出なかった。

　そのことを、今でも後悔している。

　やっぱり、行けばよかった……。

　カレンだって、最後に僕が来なかったこと、不安がっているかもしれない。

　……いや、僕はカレンにとって、そんなたいそうな存在ではないか。

　最後の別れを言えないまま、カレンが芸能界を引退してしまった。

　引退した日から目撃情報はいっさい出ず、国外に消えたのではないかとすら言われている。

　僕も家の力を使って必死に探しているけど、引退してから半年経っても今だにカレンの情報はいっさい手に入っていなかった。

　……ストーカーみたいだな……。

　今の僕を見たら、カレンは幻滅するかもしれない……。

　そんなふうに思っていた時——あいつが僕の前に現れたんだ。

　数日前、編入生が来るという話は聞いていた。

　しかし興味がなかったため、名前も何も把握していなかった。

　カレンがいなくなった今……なんだかすべてが、どうでもよかった。

　放課後になり、教師から頼まれていた仕事を終わらせてから生徒会室に向かう。

　中に入ってすぐ、違和感に気づいた。

「正道様、お疲れ様です」

　伊波が、僕のほうに歩み寄ってくる。

　……誰だ、こいつは。

　伊波の隣に座っていた、地味な女。

　まさか……こいつが編入生?

「おい、陸」

「はい、なんでしょうか」

「お前の隣にいる……その薄汚れた捨て犬のような女はなんだ?」

「……え?」

　僕の言葉に、その女はショックを受けたような表情をした。……いや、メガネと前髪で、正確な表情なんて見えないが。

「……彼女は、新しく生徒会に入った生徒です。今日1年A組に編入してきたばかりで」

「正道様、今朝理事長から通達を受けましたよね?　　石田さんが降格して、代わりに編入生が入ると。彼女がその生

徒です。……花恋さん、こちらに」

　伊波はその生徒に挨拶をさせようとしているのか、手招きした。

「かれん……？」

　……今、そう言ったか……？

　呼ばれるがまま、こっちへ来た編入生。

「は、初め、まして……一ノ瀬花恋です……」

　そう言って、頭を下げた編入生。

　僕は彼女の姿に……激しい怒りがこみあげた。

「あの、今日から生徒会に……」

「黙れ。喋るな」

　かれんだと……こんな地味な女の分際で。

　それに、異様なまでに声がカレンに似ている。

　まさかこいつ、カレンを意識して話しているのか？

　そう思うと、はらわたが煮えくり返りそうになった。

　僕が求めているのはカレンで、こいつではない。

「出ていけ。生徒会に、お前のような地味な女は必要ない」

　こいつのすべてが、僕の癇に障った。

「一ノ瀬花恋だって？　なんて分不相応な名前をしているんだ、お前」

　お前のような人間が、カレンを名乗るな。吐き気がする。

「それに……その声も……」

「声……？」

「喋るなと言っているのがわからないのか？」

　カレンと似ている声、背丈、同じ名前。相反して、似て

も似つかない地味な見た目。

　カレンに会いたくてたまらない僕にとって、不快極まりない存在。

　自分の中の美しいカレンが汚されるように感じて、僕は編入生を追い出そうとした。

　とにかく、僕の視界に一瞬でも入ってほしくない。

　ほかの役員たちも編入生が邪魔だったのか、僕に便乗するように嫌がらせ行為をしていた。

　すぐにやめると思ったが、編入生は意外にも根性を見せ、それがまた僕を苛立たせた。

　一刻も早く、僕の前から消えろ……！

　僕のカレンを、汚すな……。

　編入生を、生徒会から追い出せるはずだった。あと一歩で、編入生の心は折れていただろう。

　なのに……またあの男が、僕の邪魔をした。

いつか君に

【side 正道】

　それを決行することを決めたのは、編入生が昼休み、僕の時間を邪魔したのと……陸からの報告を受けたから。

「副会長……編入生と仲がいいらしいですね」

「……何？」

　陸の発言に、僕は耳を疑った。伊波とあのドブネズミが……？

「放課後の生徒会で、一緒にいるのを何度か確認しました。編入生の仕事を、手伝っているそうです」

　伊波は、僕の従者だ。

　水瀬家は代々久世城家に仕えていて、伊波も例外なくそうなった。僕が小学生の時から、そばで支えてくれている。

　あいつは僕が醜い時から態度が変わらなかったし、唯一僕に優しい奴だったから、いい友人だと思っていた。

　向こうは内心、僕を見下しているのかもしれないが。

　そんな伊波が……僕にとっての敵と仲を深めていると聞き、裏切られた気分だった。

　あの女、伊波まで味方につけたのか……。

　教室では、忌々しきLOSTの幹部たちを味方につけていると陸から報告を受けている。

　いいかげん、痛い目を見せなければいけないようだ。

「おい、伊波。こいつの髪を切れ」

「え……?」

　教室で、見せしめにしてやろうと思った。

　ついでに、伊波との仲を引き裂いてやろうとも。

　こいつは僕の言葉にそむいたことは一度もないから、今回だって僕の言うことを聞くだろう。

　そう、確信があった。

　ためらっている伊波に、苛立つ。

「聞こえなかったか?　……おい陸、ハサミを用意しろ」

「はい」

　僕は陸からハサミを受け取り、それを伊波に押しつけた。

「……私は……」

「……」

「……正道様の、付き人です……」

　ふっ、それでいい。

「お願い、やめてください、会長……」

　震える声で、訴えてくる編入生。

　やめろ……カレンに似ている声で、そんなことを言ってくるな。

　お前は……とっとと僕の前から消えろ。

「少しはマシになるといいな。おい伊波、早くしろ」

　あと、少しだった。

「なんだ、この状況は」

　——ああ、またぢ。またこいつが、僕の邪魔をするのか。

　僕がこの世で、一番嫌いな男。

　ただ、まさかこいつが編入生を守るとは、予想外だった。

　こいつに敵に回られると、立場が逆転してしまう。

　長王院グループは、悔しいが久世城グループよりも権力がある。

　国内での力は互角でも、長王院グループは世界的にも有名なため、太刀打ちできない。

　でも、だからと言って今さら引けない。こいつに屈するのは、僕のプライドが許さなかった。

　お前さえいなければ、僕は今頃カレンに……。

「お前はしょせんLS生。この星制度において底辺の人間だ。生徒会の事情に、LS生が口を出すなど許され──」

「黙れ二番星」

　……っ。

"二番星"。

　僕が陰でそう呼ばれていることは、知っていた。

　シリウスになりそこなった生徒会長。僕をそう揶揄している輩がいることも知っている。

　そして……。

「"シリウス"の名において、望みを告げる」

　ああ、最悪だ……。

「──花恋に対するいっさいの悪事を禁止する」

　……もう、終わった。

　シリウスの命令を前に、僕は立ち尽くすことしかできなかった。

「言っておくが、こいつが花恋に何かした場合も、命令したお前は連帯責任になる。生徒会長なら、そのくらいわか

るだろ？」

「……ッ」

　いつも……こいつは僕を、見下して……。

「天聖さん……」

「大丈夫だ。もう何も心配するな」

　ふたりが出て行った教室の空気は、地獄だった。

　皆、僕を哀れむような目で見つめ、ただ重苦しい沈黙が
流れていた。

　今まであの女をいじめていた人間たちも黙り込み、まる
で僕だけに責任を押しつけるようにして意味ありげな視線
を送ってくる。

　耐えられず、僕はその場から逃げた。

　あれから……学校を休み続けている。

　全校生徒が僕を哀れんでいる気がして、人と会うのが怖
くなった。

　自業自得なことだってわかっている。

　生徒会長として、どうしても休めない仕事がある時は、
伊波に命令して生徒会活動を休みにした。

　誰もいない生徒会室で、こっそりと仕事を済ませる。

　もう1週間以上、学校を休んでいるな……。

　いっそこのまま、退学になるんだろうか。

　長王院はあの女を慕っているみたいだし、僕のことを許
さないだろう。

　僕だって……もしカレンが同じような目にあったら、そ

の相手を社会的に抹消するだろうから、気持ちはわかる。

　あの女だってきっと、僕を恨んでいるだろうし。

　……どうしてこうなってしまったんだろう。

　その日も生徒会室でひとり仕事をしていた。

　カレンの歌を聴きながら、外を見つめる。

　この空の下のどこかに、カレンがいる。それはわかっているのに、どこにいるかわからないという事実に胸が潰れそうだった。

「カレン……」

　もう……すべて捨ててしまいたい。

「僕はもう、どうすればいいかわからないんだ……」

　僕は今、何のために生きているんだ。

「君がいない世界で……どう頑張ればいいのか、わからない……っ」

　こんな僕をカレンが見たら……情けないと幻滅するだろうか。

　今の僕は……あの容姿の醜かった頃よりも、ずっとずっと醜い人間な気がした。

「君に……会いたいっ……」

　それは、心からの叫びだった。

　カレンのいない世界は……生きる理由が見当たらないほど、無意味なものに思えて仕方ない。

　今どこで何をしているの？

　もう、君には会えないのか……？

　僕は……これ以上君のいない世界で、生きていたくない。

　情けなくも、涙が止まらなかった。

　翌日も、学校に行く気にはなれず欠席した。
　部屋のベッドで横になったまま、安逸をむさぼる。
　僕はこのまま……堕ちていくのだろうか。
　また、カレンに出会う前の、僕に戻ってしまうのかな。
「正道様、失礼いたします」
　夕方になった頃、ノックの音と一緒に使用人の声が聞こえた。
「入ってくるな」
「お届け物です」
　……届け物?
　何も買ったつもりはないし、貢物は全部処分するように言ってある。
「誰からだ」
「カタカナでカレン、とだけ書かれているのですが……処分いたしますか?」
　……カレン?
　そんなはずがない。わかっていながらも、僕はすぐに立ち上がり、扉を開けた。
　カレンから届け物……?　どうして……。
　ファンレターを送ったことがあるから、僕の住所を知っていることには疑問はない。
　ただ……そんなことは、ありえない。
　使用人が持っていたのは、小さな封筒だった。

　少し膨（ふく）らみがあり、何かが入っている。

　まさか……誰かが僕をからかっているのか……？

　カレンを好きなことは伊波ともうひとりの役員しか知らないはずだが、もし「カレン」の名を名乗ってこんなことをしてくる輩がいるなら、始末しなければいけない。

「貸せ」

　誰が、こんな悪質ないたずらをっ……。

　——え？

　便箋（びんせん）に書かれている事務所の住所と名前に、僕は目を疑った。紛（まぎ）れもない、この字はカレンの筆跡だ。

　カレンは直筆でブログを書くこともあったし、何より俺はサインをいくつか所持しているから、確信した。

　嘘だ……ありえない、こんなこと……。

　扉を閉め、部屋に戻る。

　僕はそっと手紙の封を切り、中を確認した。

　そこには、USBが入っていた。

　これは……。急いでPCを起動し、中に入っているものを確認する。

　そこには、２件のファイルが入っていた。

　音声データと動画。

　半信半疑で、動画のファイルをクリックする。

「……っ」

　映し出されたのは……紛れもない、カレンの姿だった。

　ありえない現実に、手が震える。

　どうして……っ。

『正道くん！　カレンです！』

　動画の中のカレンは、僕の大好きな笑顔を浮かべていた。

　変わらない、眩しい笑顔。

『元気にしていますか？　私は元気です！』

　そ、っか……。

　カレンが元気で……よかった……。

　僕は……。

　元気だと言い切れない現状に、悔しくて下唇を噛む。

『正道くんと最後のお別れができなかったことが、ずっと
心残りだったの。だから……動画で伝えさせてください。
あっ、このことは誰にも内緒にしてね。私と正道くんだけ
の秘密だよっ』

　カレンが僕とのことを、心残りに思ってくれていたこと
に、衝撃を受けた。

　僕だけだと、思っていたから……。

　こんな動画を送ってくれるくらいには、僕はカレンに
とって……特別なファンで、いたんだろうか。

　ヘッドホンをつけ、カレンの言葉を聞き逃すまいと画面
を見つめる。

『私は……ずっとずっと、正道くんに救われていました』

　……え？

　僕が？　カレンを……？

　何かの間違いじゃないのかと、じっと目を凝らして動画
の続きを観た。

『握手会とかはね、心ない言葉を投げられることも少なく

なかったの。知名度が上がれば上がるほど、悪意を向けられることも増えて、そういった言葉に……何度も心が折れそうになった』

　アンチがいるのはわかっていたけど、笑顔の裏側で、そんなふうに悩んでいたなんて、知らなかった。

　弱音を吐かないカレンがこう言うってことは、相当悪質なものだったんだろう。

　そう思って、自分の過去の行いが脳裏によぎる。

『出ていけ。生徒会に、お前のような地味な女は必要ない』

　僕だって……カレンを傷つけた人間と、同じことをしている。

　いや……。

『おい、伊波。こいつの髪を切れ』

　それ以上に……最低なことを、していた。

　この先を観るのが怖くなって、一時停止を押した。

　いや……観ないなんて選択肢はない。カレンがわざわざ、僕だけのために送ってくれたんだぞ。

　再び、再生ボタンを押した。

『でもね……そんな時、私を救ってくれたのはファンの人たちだった。その中でも、正道くんは特別だったよ。正道くんはいつだって私のことを気遣ってくれたよね。まっすぐに気持ちを伝えてくれる正道くんに……私は何度も救われたの』

　……本当、に？

『ステージに立つことが怖くなった時も、きっと正道くん

が見ていてくれると思うと、勇気が湧いてきた』

　僕がカレンに救われたように、僕も……カレンにとって、救いになれていたのか……？

『私にとって正道くんは……かけがえのない人。正道くんに会えて、私はアイドルになってよかったって心の底から思えたの』

　カレンの笑顔に、僕の瞳からは涙が溢れていた。

　拭うことも忘れ、ただ画面に見入る。

『だからね、感謝の気持ちを伝えさせてください。いつも私を応援してくれて、ありがとう』

　お礼を言われるような人間じゃないんだ、僕は……。

『私はアイドルをやめてしまったけど、元気に過ごしてるよ。だから……正道くんにも、幸せになってほしいなって思います。会えなくても、私たちは同じ時間を過ごしているから』

「……」

『私を救ってくれたみたいに、自分のことも大切にしてあげてね。あなたは私にとって、とても大切な人だから。周りが何を言っても、私は正道くんの味方だから！』

「……っ……」

『いつか会えたら……また私の大好きな、笑顔を見せてね。もし疲れたり、苦しい時は、この曲を聴いてください。バイバイっ。またね、正道くん！』

「……っ、ぅ……」

　もうひとつ、入っていた音声データを再生する。

　そこには……僕が一番大好きな曲の、アカペラが入って
いた。

　オリジナルの曲はアップテンポだけれど、アレンジでバ
ラードになっている。

　カレンの綺麗な歌声が、僕の心を浄化していくみたい
だった。

「……どうして君は、いつも……」

　──こんなどうしようもない僕を、救ってくれるんだ。

　僕の人生をいつだって、色鮮やかに染め上げてくれる人。

　君が……好きで好きで、たまらない。

　愛しているんだ……心から、本当に……っ。

　僕は曲を聴きながら、声を押し殺して泣いた。

『またね、正道くん！』

　ダメだ……。

　今のままじゃ、カレンに会えない。

　こんな情けない僕で、カレンに会うわけにはいかない。

　もう一度──彼女の隣に並べるような男になろう。

　今度こそ……もう僕は、道を踏み外さない。

　君に誇れるような、男になってみせるから。

　僕が君にふさわしい人間になれたら……今度こそ、伝え
させてほしい。

　どうしようもないほど──君の虜になっている僕の気持
ちを。

　僕はその日、朝になるまでその動画を観続けた。

　日が昇る頃には……僕の心は、久しぶりに晴れていた。

10th STAR
二番星はすべてを知る

前を向いた彼

　正道くん……あの動画、観てくれたかな……。

　あの日、思い立ってその日のうちに動画を撮って、発送した。

　昨日には届いていると思うけど、正道くんが観てくれたかどうかはわからない。

　正道くんがまだカレンを好きでいてくれているなら……きっと、立ち直ってくれるはず。

　そう信じて今日は学校に来たけど……。

「今日も会長は来ていないんですか……？」

　生徒会室に来ても、正道くんの姿がなかった。

「ああ。欠席みたいだな」

　まこ先輩が、困った様子で答えた。

　やっぱり、あんな動画じゃ意味なかったかな……。

「今日は全校朝礼があるのに……」

　あ、そっか……。

　全校朝礼では、いつも生徒会長挨拶があるらしい。

　正道くんが来ないとなると、挨拶をする人がいなくなる。

「代わりに陸さんに挨拶をお願いしようと思うんですが、異論がある方はいますか？」

　役員さんの言葉に、異論を唱える人はいなかった。

　もう、正道くんは本当に来てくれなくなるのかもしれない……。

「それでは、今日の朝礼挨拶は陸さんに……」

　──バタン。

　生徒会室の扉が開いて、その場にいた人の視線がいっせいに移った。

　私も、扉のほうを見る。

「あっ……」

　正道、くん……？

　後ろには、伊波さんの姿もあった。

　私はうれしくて、ひとり感動していた。

　来て、くれたっ……。

「会長……」

　正道くんが現れたことに、みんな喜んでいるというより、動揺していた。

　なんて声をかければいいかわからない。そんな空気が流れていた。

　静寂を破ったのは……。

「長い間生徒を欠席して、すまなかった」

　正道くんの、苦しそうな声だった。

　深々と頭を下げた正道くんに、この場にいた全員が言葉は発せずとも驚いているのがわかった。

　私も、生徒会での正道くんを見ていたから、驚愕だった。

　厳しい正道くんが……謝るなんて……。

「今日から、いつも通り出席する。確認の必要な仕事があれば持ってきてくれ」

　顔を上げた正道くんは、どこか清々しい表情に見えた。

　その目は、しっかりと前を向いていた。

　よかった……。

　私の動画が力になったかはわからないけど……正道くん
が、立ち直ってくれてよかった。

　歩いてまっすぐ会長の席に向かった正道くん。

　その背中が、かっこよく見えた。

「次に、生徒会からの挨拶です」

　朝礼の時間。私は正式に役員になってから初めての生徒
会で、前に立つことに違和感しかなかった。

　こ、これがルールだから仕方ないよね……。

「生徒会長──久世城正道」

　名前を呼ばれた正道くんが、ステージの真ん中へと移動
する。

　正道くんが休んでいたことは有名なのか、どうして会長
がいるのかという空気が流れていた。

　けれど正道くんはそんな空気をいともせず、堂々とした
立ちふるまいで挨拶を始めた。

「皆さん、おはようございます。２学期が始まり１ヶ月ほ
どが経ちましたが──」

　正道くん、すごいなぁ……。

　こんな空気、私だったら怖気づいちゃう。

　あの日生徒会室でひとり、私の名前を呼びながら泣いて
いた正道くんの面影は、もうなかった。

「なんか、会長変わったね」

「うん……今日の会長、トゲがないというか……」

　こそこそと、役員さんたちが話している。

「さっきも、いつもより優しかったもんね」

　……うん、それは私も思った。

　朝の生徒会、正道くんはテキパキと指示を出し、役員さんたちを的確に律していた。

　やっぱり正道くんは必要な存在だと、みんなが再確認したに違いない。

　私はじっと、スピーチをしている正道くんを見つめる。

「星ノ望学園の生徒として、誇れる行いを心がけてください。私も……生徒会長として、皆さんのよき手本になるべく努力します」

　その言葉には……深い意味が込められているような気がした。

　正道くんはきっと、変わろうとしてくれているんだ。

　うれしい……。

　やっぱり、正道くんは正道くんだ。

　私が大好きだった……正道くんは偽りなんかじゃない。

　朝礼が終わって、自分の教室に帰ろうとした時だった。

「花恋さん……！」

　……伊波さん？

　名前を呼ばれ振り返ると、伊波さんが私を見ながら手招きしていた。

　こ、こんなみんながいるところで名前を呼んで、大丈夫

なのかなっ……。

　一応私と伊波さんが仲がいいことは、秘密なはずっ……。

　そう思いながら、こっそりと呼ばれるがまま伊波さんに近づく。

　生徒の波をかき分け、近くの部屋に導かれた。

「どうしたんですか？」

「花恋さんには、伝えておきたくて」

　……え？

「正道様、今朝突然学校に行くと言いだしたんです」

　伊波さんはうれしそうに、そう話してくれた。

　そう、だったんだ……。

「何があったのかはわかりませんが……あの件についても反省しているようですので、温かく見守っていただけると助かります」

「もちろんです……！」

　正道くんが、いつだって私のことを見守ってくれていたように……私も、正道くんを見守っていたい。

　笑顔のまま、話を続ける伊波さん。

「花恋さんと仲良くすることも、かまわないと言ってくださいました。花恋さんへの嫌がらせも……もうしないと」

　えっ……。

　よかった……と、安堵の息を吐く。

　うれしいな……何より、正道くんが心を入れ替えてくれたことが。

「本当は、きちんと謝罪をと思ったのですが……」

　苦しそうに、眉をひそめた伊波さん。

「いつか必ず正道様からの謝罪も……」

　そんなの、全然必要ない。

「本当に平気です。会長と伊波さんが戻ってきてくれただけでうれしいです」

　それだけで、もう十分だ。

　伊波さんに気を使わせたくなくて、満面の笑みを浮かべてみせた。

「……あなたは、本当に優しい方ですね」

　伊波さんはそう言って……なぜかゆっくりと顔を近づけてくる。

「……え？」

　何……？

「伊波さん？」

　どうしたんだろうと思い名前を呼ぶと、伊波さんがハッとした表情で止まった。

「……っ、失礼しました。授業が始まりますし、教室に戻りましょうか？」

　すぐにいつもの笑顔に戻った伊波さんに、こくりと頷く。

「はいっ」

　ほんとだ、急がなきゃもうチャイムが鳴っちゃう……！

　私は急いで、教室を出た。

「私は……何をしようとしているんだ……」

　伊波さんの呟きは、廊下の騒がしさにかき消された。

可愛い？

「今日の朝礼、久世城の様子が変だったな」

　いつものようにLOSTの溜まり場でお昼ご飯を食べている時、大河さんがそんな発言をした。

　急に正道くんの名前が出て、びくっと肩が跳ねる。

　私の肩に寄りかかって眠っている充希さんが、「んん、……」と唸り、起こしてしまいそうになった。

「あー、そういえば最近ずっと欠席してたけど、やっと来たね」

　仁さんも、不思議そうに声を上げた。

　ずっと欠席していたことを知ってるってことは、みんなは同じクラスだったりするのかな……？

　そういえば、仁さんと大河さんと充希さんのクラスを知らない。

　クラスは成績順で決まるって言ってたから、シリウスの天聖さんはAクラスなはず。……てことは、天聖さんと正道くんは同じクラスなのかな……。

　でも、天聖さんあんまり授業には出てないって言ってた気がする……あはは……。

「花恋、またいじめられたりしてない？」

　生徒会から嫌がらせを受けていたことを知っているのか、仁さんが心配そうに聞いてきた。

「は、はい！　今日の会長はとても優しかったです！」

　きっと……もうあんなことをされることはないと思う。

　正道くんを、信じているから。

「そっか……まあ、命令制度があるし、心配しなくても平気か」

「そうだな。久世城はとくにルールを重んじる奴だから。それに、ずいぶんと雰囲気が丸くなったように思う」

「確かに、いつものあの人を見下しまくってるオーラはなかったかも」

　やっぱりみんな気づいていたのか、正道くんの目に見える変化をうれしく思った。

「多分、あいつは見下すというより……虚勢を張っているだけだろう。舐められないように、偉そうにふるまっているだけだ」

　あ……そっか。

　やっぱり、正道くんは正道くんなりに……いろいろあったんだよね。

　でも、虚勢を張ることと人を見下すことは違うと思うから……本当の意味での強さと優しさを、手に入れてほしいな……。

　正道くんは人を束ねる力もあるし、自ずとみんな、正道くんについていくと思う。

　生徒会でも……人望はあるもの。

「あー、そういえば数年前まで、全然違う感じだったもんね」

　……え?

「全然違う感じ?」

　言葉の意味が気になって、思わずそう聞いてしまった。

　どういうこと……？

「久世城って、今よりずっと太ってて、おどおどしてたんだよ」

　えっ……ま、正道くんが……？

「そうだったんですか……！」

　知らなかった……。

　私が出会った頃は、もう今の正道くんだったし……。

　努力をして、今の自分を手に入れたのかな……。

　そう思うと、尊敬する気持ちが増した。

「ま、あいつが丸くなってくれたならいいんだ。生徒会の独裁政権（どくさい）にはうんざりしていたからな」

　独裁政権……。

　確かに少し前までの生徒会は、そんな感じだった。

　でも、きっとこれからは変わるはずだ。

　生徒会が、本当の意味で学園にとってよい存在になるよう……私も、できる限り頑張ろう。

　そう、改めて決意した。

　正道くんにも……早く役員として、認めてもらわなきゃ……！

　放課後になり、生徒会の仕事に集中する。

「会長、このデータなんですが……」

　正道くんが不在だった期間に確認したいことが溜まっていたのか、役員さんたちが途切れなく正道くんの席に集

まっていた。

「ああ、それならファイルにまとめてある。資料室の……」

　ひとつひとつの質問にしっかり受け答えし、的確に指示をしている正道くん。

　その姿を見て、うれしくなった。

　ふふっ、正道くんが元気になって、よかったなぁ……。

　じっと見ていると、正道くんが私の視線に気づいたのか、目が合った。

「……なんだ？」

　目を細め、私を睨む正道くん。

「す、すみません……！」

　私は慌てて視線を逸らし、仕事に集中した。

「別に、怒っているわけじゃ……」

　正道くんは独り言のように、ぶつぶつと何か言っている。

「会長、次の中高一貫交流会についてなんですが」

「……あ、ああ」

　ほかの役員に声をかけられ、また対応に追われていた。

　ふぅ……今日も生徒会、終わった……。

　正道くんの確認が通り、止まっていた仕事が進んだため、今日はいつも以上に仕事量が多かったから少し疲れてしまった。

　まこ先輩と昇降口まで一緒に行って、さよならしてから校舎を出る。

「天聖さん、お待たせしました……！」

　いつものように待ってくれていた天聖さんと合流し、一緒に帰路につく。

「今日は……何もなかったか？」

「え？」

「……久世城だ」

　あ……そっか……。

　お昼休みの時、天聖さんはずっと黙っていたけど、心配してくれていたのかな。

「何もありませんでした。会長、人が変わったみたいに温厚になって、私にも普通に接してくれたんです」

　今日も、確認しにいった時、ほかの役員さんと同じように扱ってくれた。

　特別仕事以外の会話はしていないけど、それだけで十分だった。

「そうか……」

　天聖さんは安心したように、私の頭を撫でてくれた。

「一応、あいつには気をつけてくれ。一度はお前を苦しめた相手だ」

　そうだよね……。天聖さんが心配してくれることは、純粋にうれしい。

　天聖さんといると……大事に思われているなって、すごく感じる。

　な、なんて、勘違いかもしれないけどっ……。

「俺も、全力でお前を守る」

　天聖さんに、笑顔を返す。

「ありがとうございますっ……」

　日に日に天聖さんのことを、好きになっていく気がする。

　天聖さんは私にとって、一番のお友達……。

「心強いです……」

　ぎゅっと、腕に抱きついた。

「……可愛いことばっかり、するな」

　ぼそっと、何か言った天聖さん。

「え？　今、なんて……？」

「……なんでもない」

　天聖さんの顔を見ても、暗くてどんな表情をしているのか、はっきりとわからなかった。

　秋だから日が落ちるのも早くなり、もう外は真っ暗だ。

　最近は生徒会が時間通り18時に上がれるようになったから、時間の余裕もできた。

　今日は宿題も終わっているし……少し豪華なご飯でも作って、お風呂に入って早めに寝よう。

「あっ、そうだ天聖さん、今日一緒にご飯食べませんか？」

　天聖さんがよかったら……一緒に食べたいな。

「……いいのか？」

「もちろんです……！　私もひとりで食べるのは寂しいので、一緒に食べてもらえたらうれしいです」

「なら、頼む」

　天聖さんの返事に、うれしくて笑みが溢れる。

　そうと決まれば……今日ははりきって料理を作ろう……！

　買い物をしてから、家に帰った。ハンバーグと細々した
おかずを数品作って、テーブルに並べる。

「……うまい」

　天聖さんが何度もそう言って食べてくれて、うれしく
なった。

　誰かと一緒に食べるって、やっぱりいいなぁ。

　ひとりの時よりも、おいしく感じる。

　それに、天聖さんが喜んでくれることにも、作りがいを
感じた。

「ありがとうございます」

「お前はなんでもできて、偉いな」

　え……？

　急に褒められて、返答に困った。

　そ、そんな……天聖さんに比べたら、私なんて全然だ。

　LOSTの総長で、総合成績トップのシリウスで……天聖
さんは、できないことなんてないんじゃないかな。

「て、天聖さんのほうが偉いです……」

　素直に思ったことを言うと、天聖さんは不思議そうに私
を見た。

「何言ってるんだ……？　芸能界で活躍して、学業も両立
してたんだろ？　誰にもまねできない」

　本心で、褒めてくれていることがわかった。

　褒められて嫌な気分になるはずもなく、喜んでしまう。

　私の努力なんて、ちっぽけなものだけど……そんなふう
に言われると、自分のことを認めてもらえているみたいで、

じーんとしてしまう……。

「あ、ありがとうございます……」

　それに、なんでもできる天聖さんに褒められることは光栄に感じた。

　もっともっと、頑張らなきゃ……！

　そのためには、たくさん食べて英気を養わないと……！

　そう思い、もぐもぐと特大ハンバーグを食べ進める。

　……あれ？

　天聖さん……？

「ど、どうしてそんなにじっと見るんですか……？」

　見られている視線を感じて、食べる手を止めた。

「……悪い、無意識だった」

　む、無意識で見てたって……。

「私が食べるところなんて見ても、面白くないですよ」

　食い意地はってるところなんて、見られるのも恥ずかしいしっ……。

「そんなことないだろ。お前はどんな時も可愛い」

「……っ、え？」

　……い、今……なな、なんて言った……？

　か、可愛い……？

　天聖さんから出たとは思えないとんでもない発言に、驚きのあまりお箸を落としそうになった。

　天聖さんも、ハッとした表情になったあと、バツが悪そうに眉間にしわを寄せた。

「……悪い。本音が出た」

　その発言に、ますます困惑する。

　ほ、本音……!?

　冗談、ではなく……?

「ど、どうして謝るんですか……?」

　天聖さんは……どんな時も、可愛いって思ってるってこと……?

　言葉の意味を理解し、顔に急激に熱が集まる。

「気持ち悪いだろ」

「そ、そんなことありません……」

　驚いたし、あ、ありえないって思うけど……気持ち悪いなんてことはいっさいない。

　むしろ、うれしいと思ったことに、戸惑っているというか……。

　で、でも、本当の、本当……?　私は今も変装しているし、いっつもこの格好だよ……?

　別に素の自分の姿が可愛いとも思っていないけど、天聖さん、失礼だけど目がおかしいのかな……?

　こんなにもかっこいい人に、可愛いなんて言われるなんて……どうしよう、し、心臓がバクバクしてる……。

「言ってもいいのか?」

　そ、そんなこと聞かれても、返答に困るっ……。

　天聖さんは一瞬考えるような仕草をしたあと、再び口を開いた。

「でも、四六時中そう思ってるから、鬱陶しいと思われるかもしれないな。口にはしないように努力する」

「……っ!?」

し、四六時中って……。

ま、待って待って、どういうこと……？

天聖さん、本気で言ってるの……？

でも、天聖さんが冗談を言う人にも思えない。

私は恥ずかしさのあまり、オーバーヒートしちゃいそうなくらい顔が熱くなった。

何も言えず、ただ沈黙だけが続く。

ど、どうしよう……こ、この静かな空間に、耐えられないっ……。

「テ、テテテ、テレビつけますね……！」

せめて無音にならないようにと、この家に引っ越してきてから初めてテレビの電源を入れた。

引退してから、テレビは観ないようにしていたから、映画でもやっていたのか、映し出されたのはホームドラマのような映像。

沈黙が気にならなくなったことに、ほっ……と安堵の息を吐く。

す、少し冷静になってきた……。

ちらりと天聖さんを見ると、いつも通り無表情のまま黙々とご飯を食べている。

動揺していない様子を見ると、やっぱりさっきのは幻聴じゃないのかと思わずにはいられなかった。

な、なんだか、私ばっかり気にしているみたいで恥ずかしくなってきたっ……。

か、考えないようにしよう……。

気を紛らわすように、テレビを観る。

……あれ？

不穏なBGMが流れ始め、違和感を覚えた。

これ、ホームドラマだよね……？

さっきまで、コメディチックな流れだったのに……。

『うがあぁぁああ!!』

　突如画面が暗転し、ゾンビのようなグロテスクなものが映し出された。

「きゃぁぁー!!!」

　反射的に耳を押さえ、叫び声を上げてしまう。

　い、嫌だ、待って……こ、これ、もしかしてホラー映画……!?

　恐怖のあまり、両耳を押さえたままテレビに背を向ける。

「……花恋？」

　ホラーだけは……本当に、怖いのは無理っ……。

　テレビを消す余裕もなく、頭を抱えた。

　──ピッ。

「大丈夫か？」

「ひっ……」

「花恋」

　優しく名前を呼ばれた気がしてそっと天聖さんのほうを見る。

　あ……て、テレビ、切ってくれてる……よかったっ……。

「すみません、私、怖いのダメで……」

　心配そうに見つめてくる天聖さんに、情けないことを告白した。

「実は、お仕事も……基本的にNGは無しで頑張っていたんですけど、ホラーものだけはNGにしてもらってたんです……」

「……そんなに苦手なのか」

　それはもう……この世で一番恐ろしい……。

　ホラー、おばけと名前のつくものだけは、今まで避けに避けて生きてきた。

「見るだけで、頭から離れなくなるので、夜眠れなくなるんです……」

　さっきのゾンビも……と、当分頭から離れなくなりそうだ……。

　今日は眠れないことを覚悟した。

　なんだか食欲もなくなっちゃった……。残りは明日食べようっ……。

「あんなの子どもだましの作り物だ。怖がらなくていい」

「は、はい……」

　天聖さんは怖くないのかな……？　う、羨ましい……。

「そろそろ帰る」

　ご飯を食べ終わり、天聖さんがそう言った。

「えっ……」

　も、もう……？

　確かに、いつもご飯を食べたらすぐにバイバイするけど

　……今日はもう少し……一緒にいてほしいっ……。

　さっきのゾンビが怖くて、落ち着かなかった。

　そんなわけがないとわかってはいても、部屋からゾンビが出てきそうな気がして仕方がない。

「……どうした？」

「い、いえ……！　おやすみなさい……」

　天聖さんにも用事はあるだろうし、一緒にいてほしいなんて言えない……。

　きょ、今日はなんとか、ひとりきりの夜を乗り切ってみせる……！

「まだ怖いのか？」

　心配してくれているのか、じっと見つめてくる天聖さん。

「す、少しだけ……。でも……」

　平気です、と言おうとして、言葉を飲み込んだ。

　……やっぱり、平気じゃない……。

　ほかの人だったら、きっと「大丈夫」だと言って、甘えたりしなかった。

　でも……。

「あ、あの、お風呂から上がるまでは……いてくれませんかっ……」

　天聖さんが優しすぎるから、甘えてしまう。

　ひとりの部屋でお風呂に入るのは、どうしても怖い……。

　こんなふうにわがままを言ったのは、もしかすると初めてかもしれないと思った。

　ずっと、甘えるのが苦手だった。

　長女という立場もあってか、私が頑張らなきゃいけな
いって思っていたし、芸能界で、他人に弱みを見せること
もできなかった。

　それなのに……どうして天聖さんには、甘えてしまうん
だろう。

　天聖さんは驚いたように目を見開いたあと、少しの間黙
り込んだ。

　やっぱり、迷惑だったかな……？

「……わかった」

　えっ……。

「早く入ってこい。ちゃんと待ってるから」

　そう言って、いつものように頭を撫でてくれた天聖さん。

　わがままを言ってみて、よかったっ……。

「ありがとうございます……！」

　私はお礼を言って、天聖さんにぎゅっと抱きついた。

告白

【side 天聖】

「あ、あの、お風呂から上がるまでは……いてくれません
かっ……」

　花恋が、すがるような目で俺を見ていた。

　さっき観たホラー映画が相当怖かったのか、手が少しだ
け震えているのがわかる。

　風呂って……俺が倫理観のない男だったら、どうするつ
もりなんだ。

　簡単に男にそんなことを頼むなと思いつつ、花恋の頼み
を断れるはずがなかった。

「……わかった」

　こんなに怯えている花恋を、放っておけるはずがない。

「早く入ってこい。ちゃんと待ってるから」

　頭を撫でると、花恋は安心したように笑って抱きついて
きた。

「ありがとうございます……！

　……最近、花恋はスキンシップが多くなった。

　帰り道も、たまに腕を組んでくるし、今のように抱きつ
いてくることも少なくない。

　嫌なわけはないが、ほかの奴にもしているのかと思うと、
むやみに嫉妬してしまう。心配にもなる。

　こんなに可愛いくせに、どうしてここまで無防備に育っ

たのかと不思議に思うくらいだ。

　もちろん、好きな奴に抱きつかれることは純粋にうれしいが、俺だって男だ。

　……いいかげん、この気持ちを抑え込むことにも限界がきている。

　さっきも、無意識のうちに「可愛い」と口にしてしまっていた。

　日に日にタガが外れてきている気がして、危機感を感じている。

　……こんなに可愛いのがそばにいたら、仕方ないだろ。

「ほら、早く入ってこい」

　優しくそう言えば、花恋は頷いて浴室に行った。

　リビングにひとりになり、邪念を払うように髪をかく。

　……可愛い。

　何をしていても可愛いから、困る。

　こうして軽々と部屋に入れるほど信頼してもらえているのはうれしいが、同時に男として意識されていないこともわかっていた。

　花恋にとって俺は、いいとこ親しい友人止まり。

　ああやって抱きついてくるのがいい証拠だ。

　どうすれば男として意識してもらえるのか、いつも考えている。

　本当はすぐにでも、好きだと口にしてしまいたい。

　日に日に花恋に惹かれている人間は増えている気がして、内心気が気ではなかった。

　この前見た生徒会の役員のひとりとはずいぶん仲良くなったようで、いつも帰り道に楽しそうに話している。

　充希とも……あいつは俺の前で堂々と花恋に触れたり、執拗にアピールしている。

　花恋に触るなと思いながら、それをあまり口にはできないでいた。

　俺は花恋の恋人でもなければ、ただの友人のひとり。それに……何より花恋が楽しそうだから、花恋の交友関係の邪魔だけはしたくなかった。

　花恋には、いつだって笑っていてほしい。

　……だから、今はまだこの気持ちを押しつけるタイミングじゃないと理解していた。

　花恋は俺に信頼を寄せてくれているし、そんな男から好きだと言われれば、困惑するに決まっている。

　今はただ……一番の味方でいてやりたい。

　どんな時でも支えられるように、守ってやれるように、花恋にとって安らげる存在でいようと思っていた。

　……だから、これ以上俺を煽るようなことはしないでほしい。

　あいつは、自覚もないだろうけどな……。

「お待たせしましたっ……」

　リビングの扉が開いて、花恋が戻ってきた。

　……っ。

　久しぶりに見る、変装をしていない花恋の姿。

　別に変装をしていても可愛いが、やはり慣れなかった。

　しかも、まだ髪が濡れている。

　普段は無邪気で、ピュアな雰囲気の花恋。けれど今はほんのりと上気した頬、濡れた髪が色っぽさを放っていた。

　……無駄に色気がある姿に、息を飲む。

「……髪乾かさないと風邪ひくぞ」

　男がいるのに、そんな格好で出てくるな。

　俺じゃなかったら、どうなっていたか。

「そ、そうですよね……でも、なんだか浴室にいるのが怖くって……」

　俺が思っている以上にホラーが苦手だったのか、困ったように眉の両端を下げている。

　いつもその顔をされると、どうにもかわいそうになってしまう。

　多分俺は、花恋のこの顔に弱い。

「ドライヤー、持ってきてくれ」

　俺の言葉に、花恋は不思議そうにしながらも浴室に戻り、ドライヤーを持ってきた。

「こっち座れ」

　ソファに座って、足の間を叩いてそう伝える。花恋は恐る恐る俺の前に座った。

　電源を入れて、花恋の髪に風を向けた。

「わっ……」

「……」

　……俺は何をやってるんだと、我に返る。

　わざわざ俺が乾かさなくてもいいだろ、と自分自身に突っ込んだ。

　花恋も、好きでもない男にこんなことをされるのは嫌がるかもしれない。

「ふふっ、天聖さんに髪を乾かしてもらえるなんて……贅沢ですね」

　俺の考えは杞憂だったのか、花恋はうれしそうにそう言った。

　何が贅沢だ……。

　どう考えたって、お前の髪を乾かしてる俺のほうが贅沢だろ。

　カレンのファンが見たら、殺意を向けられる光景だ。

　……どうでもいいけどな。

　俺は花恋がアイドルだから、好きになったわけじゃない。

「髪、柔らかいな」

　ドライヤーをかけながら、触れる髪。１本１本が細く、綺麗だった。

「ほんとですか？」

　自覚がないのか、不思議そうに首をかしげた花恋。

　そしてなぜか、俺の髪に手を伸ばしてきた。

「わっ……！　天聖さんの髪、硬めですね！」

　俺の髪質に驚いたのか、もう片方の手も伸ばし、撫で回してくる花恋。

　自ずと顔が近づき、至近距離になる。

「髪の毛も強そうです」

　無邪気な笑顔を間近で向けられ、心臓が締めつけられるような衝撃に襲われた。

　……あー、くそ……可愛すぎる。

「髪も強そうってなんだ……」

　今、俺が少し顔を近づければ、花恋の唇を奪ってしまえる距離だ。

　花恋が嫌がることはしないと誓っているからそんなことはしないが、少しは危機感をもってくれ。

　充希やほかの奴に同じことをしていたらと思うと、ますます心配でたまらなくなった。

　今まで以上に、花恋のことは守らないといけない。

「天聖さんは見るからに、こう……強キャラ！って感じがします」

　……意味がわからない。

「最初は正直、怖そうだって思ったんです」

　ちょうど髪を乾かし終わり、ドライヤーを切る。

　花恋はふわっと、花が咲くような笑みを浮かべた。

「でも……誰よりも優しい人でした」

　……違う。

　俺は、優しい男ではない。

　でも、花恋がそう思うなら……。

「俺が優しいのはお前にだけだ」

　お前にだけは優しくしたいという努力が伝わっているなら、それでいい。

「え……そ、そうなんですかっ……？」

　花恋は普段の俺を知らないからか、驚いている。

　花恋がいない時の俺は多分……花恋には見せられないほど、冷酷な人間だと思う。

　他人に興味がなさすぎて、冷たくしているつもりはなくても冷たく捉えられてしまうから。

「乾いたぞ」

「ありがとうございますっ」

　花恋は、"ありがとう" と "ごめん" が口癖だ。

　最近ようやく謝ることは減ったが、そのぶん、礼の頻度が増えた。

　些細なことでも、満面の笑顔で礼を言ってくる。律儀な奴だなと、そんなところも好きになった。

　……ああダメだ、好きなところしか見当たらない。

　乾いた髪を、とかしている姿が妖艶に見えた。

　こいつはいちいち綺麗すぎる。

　こんなに美しいものが存在するのかと、何度俺に思わせれば気が済むんだ。

　その瞳と目が合うだけで、吸い込まれそうになる。

　俺はこの前、キスをしかけた日のことを思い出した。

　……あの時、自分の理性のなさに気づいた。

「それじゃあ、帰るからな」

　このままそばにいたら、また自制が効かなくなるかもしれない。

　そう思い、立ち上がる。

「あ……は、はい！」

　花恋の表情が、一瞬曇った気がした。

　玄関まで、送り届けてくれる花恋。

「また明日、天聖さん」

　……ん？

　花恋の笑顔にはやはり、陰があるように感じる。

　もしかして……。

「……まだ怖いのか？」

　俺の言葉に、花恋はびくりと肩を震わせた。

　……図星か。

「……眠れるか？」

「……」

　……どうしてやるべきか。

　花恋は自分から甘えることをしないから、きっと気を使って「大丈夫」と強がるはずだ。

　でも、花恋が怖がっているのは明白で、このままひとりにするのは酷じゃないかと考える。

　花恋が望むならいくらでも一緒にいてやりたいが、好きでもない男に一緒にいられるほうが苦痛なんじゃないか。

「あの……」

　ひとり悩んでいる俺を、花恋がじっと見てきた。

「今日は……一緒にいちゃ、ダメですか……？」

　……っ。

　まさか、そんなことを言ってくるとは思わなかった。

　今まで、頑なに頼ろうとしなかった花恋が甘えてきたことに、正直バカみたいに喜んでいた。

　こんなふうに頼まれて、断れるはずがない。

「……俺の家で寝るか？」

　さすがに、花恋のベッドで眠るわけにはいかないため、そう提案した。

　花恋が、ぱあっと顔を明るくさせる。

「い、いいんですかっ……！」

「ああ」

　花恋が眠る支度をして、俺の部屋に移動した。

　この前、花恋を家に入れたことはあるが、好きな女が自分の家にいるのは変な気分だった。

「好きに使え」

　寝室に案内して、そう伝えた。

　花恋を置いて出て行こうとした時、服の裾を握られる。

「えっ……天聖さん、一緒に寝ないんですか……？」

　……は？

　悲しそうな目で、俺を見つめてくる花恋。

　……こいつは、バカなのか……。

「俺はソファで寝る」

　一緒になんか、寝れるわけないだろ。

　俺がどれだけ、お前のことが好きで仕方ないと思ってるんだ。

「……」

　眉をハの字にし、じっと見上げてくる花恋。

　上目遣いですがるような目を向けられ、ごくりと喉が波

打つ。

意識的にやっているわけではないだろうが、これは反則だと頭を抱えたくなった。

……ダメだ、断れるわけがない。

「……わかった。一緒に寝るから、そんな顔するな」

この時、俺は悟った。きっと俺は今後もずっと、花恋の頼みを断れないだろうと。

こんな可愛い顔で頼まれて、首を横に振れる奴がいるはずない。

それにしても……一緒に寝るとか、そんな展開あるか……？

ただでさえ花恋の可愛さに煽られっぱなしだというのに、大丈夫なのかと自問自答する。

……とにかく、耐えろ。無心になって寝ればいい。

自分にそう言い聞かせ、ベッドに入る。

まだベッドのサイズがでかかったことが幸いだった。

あー……これ、寝られないやつだな。

隣に花恋が寝ていて、平常心でいられるはずがなかった。

今日は多分、眠れない夜を過ごす。

「私……天聖さんといると、わがままになりそうです……」

……ん？

花恋を見ると、申し訳なさそうに眉の端を下げていた。

「わがままばっかり言って、ごめんなさい……」

……こんなの別に、わがままに入らないだろ。

「お前はわがままになったほうがいい。もっと周りを頼れ」

　俺だけを頼ってほしい。……そんな本心を隠して、そう言った。

「変な匂いしないか？」

「はいっ、天聖さんのいい匂いがします」

「なんだそれ……」

　お前のほうが……。そこまで言いかけて、やめた。気持ち悪い奴だと思われる。

「おやすみ」

「おやすみなさいっ……」

　俺は花恋に背を向け、窓から外を見る。

　まったく眠くない。本気で寝れそうにないな。

　少し経って、花恋がもぞもぞと動く音がした。

「眠れないのか？」

　心配になってそう聞けば、花恋はまた助けを求めるような顔で俺を見てくる。

「あの……」

　まだ、怖いのかもしれない。

　あんなB級映画のゾンビを怖がるなんて……相当な怖がりだ。

「手を、握っててもらえませんか……？」

　……手？

「……そんなことで眠れるのか？」

「はい」

　花恋は俺を見つめたまま、にこりと微笑んだ。

「天聖さんに触れると、安心するんです」

「……っ」

　こいつは……どこまで俺を、煽れば気が済むんだろう。

　可愛すぎて、言葉が出ない。

　こんなふうに、常に感情を揺さぶられるのは初めてだ。

　花恋といたら、心臓がいくつあっても足りない気がする。

　俺に触れられるだけで安心するなんて、変な奴。

「えっ……」

　そっと、花恋の体を抱き寄せる。

「早く寝ろ」

　腕枕は寝にくいかとも思ったが、花恋はうれしそうに寄り添ってきた。

「はい……」

　すり寄ってくる姿が可愛すぎて、自分の動揺がバレないように必死だった。

「眠く、なってきました……」

　心臓がバカみたいに騒いでいる俺とは対照的に、花恋は今にも眠ってしまいそうな弱々しい声を出した。

　1分もしない間に、すー……と静かな息遣いが聞こえる。

　……寝るの、早いな。

　本当に俺に触れるだけで安心するのか……？

　……うぬぼれそうになる。

　静かに眠っている寝顔を、じっと見つめた。

　寝顔まで綺麗で、花恋が「天使」と呼ばれていることに改めて納得した。

　天使そのものだと思った自分の思考に寒気がする。

　俺は本来、こんなキャラじゃない。

　それなのに……花恋といると、頭がバカになる。

　なあ……お前も少しは、俺を特別に思ってくれてるか？

　そっと、花恋の髪に触れた。

「俺を見ろ、花恋」

　暗示をかけるように、眠っている花恋に囁く。

　……寝てる相手に何言ってんだ。柄でもない……。

　結局その日は一睡もできず、朝を迎えることになった。

俺のもの

「ん……」

　日の光で目覚める朝は、気持ちがいい。

　あれ……でも私、いつもカーテンをして眠るから、光は入ってこないはずなのに……。

　まどろみの中で、ぼんやりとそんなことを思う。

　重い瞼を持ち上げると、少しずつ視界がクリアになった。

　真っ先に目に映ったのは、天聖さんの綺麗な顔。

　綺麗な……。

「……っ!?」

　て、天聖さん……!?

　驚いて、一気に目が覚めた。

　あっ……そ、そうだ、昨日一緒に寝てもらったんだった……！

　昨日の記憶が蘇ってきて、納得する。

「おはよう」

「お、おはようございます……！」

　朝から天聖さんの顔、心臓に悪いっ……。

　綺麗すぎて、びっくりしたっ……。

　でも……朝起きて「おはよう」って伝える相手がいるのは、いいなぁ……。

　天聖さんが、ゆっくりと体を起こした。

　私も、いつもより軽い体を起こす。

　今日はとってもよく寝た……。

　天聖さんが、抱きしめてくれたおかげだ……。

　ちょっとドキドキしてしまったけど、天聖さんの腕の中は安心して、昨日のゾンビのことも忘れていつのまにか眠れていた。

「天聖さん……眠れましたか？」

　私は眠れたけど、天聖さんは大丈夫だったかな……？

　一緒に寝たいなんて、わがまま言っちゃったからっ……。

「……ああ」

　天聖さんの返事に、ほっと胸を撫で下ろす。

「お前は？」

「はい！　ぐっすり眠れました……！　こんなに深く眠れたの、久しぶりです」

　体の疲れが全部取れたみたい。今日はたくさん頑張れそう……！

「……眠れてないのか？」

　私の言い方が引っかかったのか、天聖さんがそう聞いてくる。

「い、いえ、そういうわけではないんですけど……！　ただ眠りが浅いほうというか、まだ環境に慣れていないみたいで……」

　寝つきが悪いことが悩みだったけど、昨日は天聖さんに抱きしめてもらってから、嘘みたいにすぐ眠れた。

「眠れない時はいつでも言え」

　いつものように、頭を撫でてくれる天聖さん。

　そんなこと言われたら、もっと甘えてしまいそう……。
「ありがとうございます……」
「起きるか？」
「はい……！　私、朝ご飯作りますから、一緒に食べましょう！」
　私は部屋に戻って、朝の支度をした。
　天聖さんと過ごす朝は、とても幸せに感じた。

　お昼休みの溜まり場。
　今日はエビカツフライ定食大盛りとデザートにモンブランも注文し、ご機嫌で食べていた。
「なあ蛍、昨日の『ホラーインデッドキル』観た!?」
　……けど、響くんの第一声に、肩がびくりと跳ね上がり、食事をする手が止まる。
「うっ……ホ、ホラーの話……」
　一気に食欲が失せてしまい、お箸を置く。
　急激に喉が渇いて、ごくごくと水を飲んだ。
「ん？　花恋ホラー苦手なん？」
「う、うん……」
　頷いた私を見て、蛍くんがふっと笑う。
「意外だな。見るからに都市伝説とか好きそうな見た目してんのに」
「……蛍、天聖に殺されるよ」
　ぼそっと仁さんに耳打ちされた蛍くんは、なぜか天聖さんのほうを見て「ひっ……」と声を漏らしていた。

「いやぁ、テレビでやってたホラー映画、マジで面白かっ
てん」

　ん？　もしかして……。

「そ、それ、昨日放送されてた映画……？」

　私の言葉に、響くんが目を輝かせた。

「そうそう！　花恋も見たん？」

　わ……やっぱりっ……。

　響くんの様子からして、ホラーもの好きなんだろう
な……。

　わ、私は思い出しただけで、怖くなってきた……。

「す、すぐに観るのやめたの……私、本当に怖いのダメで、
夜眠れなくなるから……」

「そんなに無理なん？　じゃあ昨日も寝られへんかったん
ちゃうん？」

「ううん！　昨日はよく眠れたよ。天聖さんが一緒に寝て
くれたから」

　それはそれは快眠だった。

　こんなにすっきり眠れたのは久しぶりだったし、眠れな
い時は、またお願いしちゃダメかな……。なんて、甘えす
ぎだよね……。

　でも、毎日天聖さんと一緒に寝たいと思うくらい、天聖
さんの隣で眠るのは心地よかったんだ。

　根本的に誰かと眠るのが安心するとか……？　ううん、
家族やアイドル時代の友達と眠る時は、むしろ少し気を使
うくらいで……。

　なぜか天聖さんといると気が抜けて、完全に心を許しきってしまっているみたい。

　ひとりそんなことを考えていた私は、異変に気づいた。

　なぜかみんなが驚いた様子で口をぽかんと開けて、私を見ている。

「……は？」

　天聖さん以外のみんなが、口を揃えてそう言った。

　ん？　何……？

「今、なんてゆったん花恋……？」

「え？」

「長王院さんと……一緒に寝たって……？」

「あ……」

　私は自分の失言に気づいて、口を押さえた。

　や、やってしまったっ……。

「……やっぱり、ふたりは付き合ってるの？」

「天聖……お前は硬派な男だと思っていたのにな……」

「か、花恋たち、そこまでいってたん……!?」

「地味ノ瀬のくせに……」

　仁さん、大河さん、蛍くん、響くんの順で、ぼそりと呟いている。

　えっと……確かに、近くに住んでいることは内緒にって言われているし、お泊まりしたことはあんまり言わないほうがよかったのかもしれないけど……みんなが驚いているのは、そういうことじゃない……？

「おい、マジなのかよ……！」

　なぜか怒っている充希さんが、天聖さんに掴みかかりそうな勢いでそう言った。

　天聖さんは真顔のまま、口を開く。

「隣で寝ただけだ」

「……ほんとか、花恋？」

　もちろん、天聖さんの言っていることに間違いはない。

　というか……。

「はい。それ以外に何が……？」

　みんな、何を心配しているの？

「ああ、これはほんまに何もなかったやつやな」

「まあ地味ノ瀬だからな」

　響くんと蛍くんが納得していて、ほかのみんなもどうしてか安堵の息を吐いている。

　んん……？

「でも、なんで一緒に寝るとか……ていうか、お互いの家泊まってんのかよ」

　充希さんは不機嫌そうに眉をひそめ、私を見ている。

「違うんです、昨日は私がその映画を観てしまって、怖くてひとりでいられなくて……それで、天聖さんが一緒にいてくれたんです」

「花恋が電話したのか？」

「は、はい……！」

　厳密には電話ではないけど、近くに住んでいることがバレそうだから、そういうことにしておこう……！

　嘘ついてごめんなさい、充希さん……！

「……今度眠れない時は、天聖じゃなく俺を呼べよ？　わかったか？」

　充希さんは甘えるように、私の腕にぎゅっと抱きついてきた。

「え、えっと……」

　天聖さんじゃダメなのかな……？

「花恋、いい子だからわかったって言えー……」

　答えるのを渋っていると、充希さんがぐりぐりと頭をすり寄せてくる。

　甘えられているのか、弟のように可愛いその姿に口もとが緩んだ。

「うるせぇぞ」

　天聖さんが、私を跨いで充希さんの頭を押した。

　天聖さんのほうに寄りかかる体勢になり、充希さんと距離ができる。

「誰がお前みたいな下心しかない奴のところに行かせるか」

「てめぇだってそうだろ……！！」

「一緒にするな」

　ふ、ふたりとも、火花を散らしてる……！

　私を挟んで睨み合っているふたりに、冷や汗が流れた。

　ど、どうしてこんな状況に……というか、ふたりとも睨み目が怖いっ……！

　少しの間睨み合ったのち、先に目を逸らしたのは充希さんだった。

　「ちっ」と、舌打ちした充希さん。

「絶対お前には負けないからな……！　花恋は俺のだ」

　……私？

　私は私のものだけど……と思いながら、苦笑いを返す。

「はいはい、ふたりともその辺にして。花恋、早く食べないと冷めちゃうよ」

「あっ……はい！」

　喧嘩を止めてくれるのは、いつも仁さんだ。

　喧嘩というより、充希さんが一方的に天聖さんに食ってかかっている感じだけど……今日は珍しく、天聖さんも言い返していた気がする。

　ふたりの言い合いにひやひやしたけど、おかげでホラーのことも忘れ、食欲を取り戻した私は無事昼食を完食することができた。

「花恋、モテモテやな」

　教室に戻っている途中に、響くんがそんなことを言い出した。

　モ、モテモテ……？

「地味ノ瀬のくせに……」

　蛍くんまで……。

　さっきの充希さんと天聖さんの口論のことを言ってるのかな……？

「あれはそういうんじゃないと思うよ……」

　あははと、苦笑いを返す。

　あれはただ、充希さんはおもちゃを取られたみたいな感

覚で怒っていただけで……天聖さんに関しては、かばって
くれていただけだと思う。

　モテモテなんて言葉を使う状況ではまったくなかった。

　それに、ふたりが私に異性として好意をもっているとは
到底考えられない。

「はぁ？　俺のもの宣言されといてそれはかわいそうやろ」

　響くんが不満そうにそう言うけど、絶対に違うと思う
な……。

「でもまあ、充希さん自身自覚してないみたいだけど……。
それにしても……イケメンは女を顔で選ばないってことか」

「お前ほんまに退学なるで。……ほんで、花恋は今んとこ
どっちが好きなん？」

　話が逸れたと思ったのに、まだふたりの話を続けるつも
りなのか、響くんがそんなことを聞いてくる。

「どっちって？」

「長王院さんか充希さん」

「どっちも好きだよ……？」

　もちろん、ふたりとも大事なお友達だから。

「もー、ほんまに鈍いな……そういう意味ちゃうやん！
男として！　恋愛対象って意味やろ！」

　お、男……!?　恋愛対象って……！

「そ、そんなふうに見てないよ……！」

　ふたりのことは、友達として見ているし、もちろん恋愛
対象としては見ていない。

　見れないとかではなく、ふたりみたいなキラキラした人

が私を選ぶとは思えないし、そういう目で見るのもおこが
ましい。

　そう思った時、この前のことを思い出した。

　天聖さんが、不意に顔を近づけてきた日。た、確かに、
あの時はドキドキはしたけど……。

　で、でも、断じて天聖さんとはお友達の関係だ……！

「恋人にするならどっち？」

　私の話を聞いていないのか、響くんは続けてそんなこと
を聞いてくる。

　と、友達だって言ってるのに……。

　でも、ふと考えてしまった。

「やっぱり長王院さん？」

「……っ!?」

　思わず、図星のような反応をしてしまった。

　ち、違う、そうじゃなくて……！　今、天聖さんが恋人
だったら、幸せだろうなって、思っただけで……。

　言い訳をしようにも、恥ずかしくて言葉が出てこない。

　そんな私を見て、響くんは何やらにやにやしている。

「ま、そうやでな〜。充希さんもモテモテやけど、長王院
さんは格が違うもんなぁ」

「それ、充希さんに言っといてやるよ」

「絶対やめろや……!!　お前が花恋に言ってる失礼な発言
全部長王院さんにチクるからな……！」

「お前、俺が死んでもいいのか……？」

　ふたりが言い合いをしているなか、私はひとり熱くなっ

た頬を冷ますのに必死だった。

　違う、私は、天聖さんのことお友達として大好きで……
だ、断じて、恋人になってほしいとか、そんなことは思っ
てない……！

　……でも、天聖さんの恋人になる人は、幸せだろう
なぁ……。

　まだ見ぬ相手の女の子を想像して、なぜかちくりと胸が
痛む。

　ん……？　なんだろう……？

　気のせい……？

真実を知る時

　学校に行って、朝の生徒会の活動をして、授業を受けて
……1日が経つのはとても早い。

　あっという間に放課後になって、いつものように生徒会
室へ。

　正道くんと伊波さんがいるいつもの生徒会が戻ったと思
うと、足取りが軽かった。

「お疲れ様です！」

　生徒会室に入ると、いつもとは違う光景が広がっていた。

「あれ……？」

　人が全然いない……。

　今、生徒会室にいるのは、正道くんと伊波さんふたりだ
けだった。

「ああ、花恋さん、お疲れ様です」

　伊波さんが、いつもの人当たりのよい笑顔を浮かべてく
れる。

「あの、今日は何かあるんですか？　ほかの役員さんは……」

「え？　……ああ、倉庫の整理を頼まれて、男子役員が出
払っているんです。ほかの女性役員ふたりも別件でいなく
て、私と正道様しかいない状態で」

　そうだったんだ……。

「生徒会は常に人員不足だからな」

　ぼそりと、そう言った正道くん。

　会話に入ってくれたことに、内心驚いた。

　普通に話してくれるようになって……うれしいな……。

「そうですね。ただ、定員は増やせないので」

「あいつが来ないせいだ。」

　正道くんは、何やら呆れたようにため息をついた。

　あいつ……？

「あはは……」

「まったく本当に……絹世はいつになったら現れるんだ？」

　きよ……？　もしかして……伊波さんが前に言ってた、ずっと欠席してる役員さんのこと……？

　名前を聞いたのは初めてだ。

　「きよ」っていう人なんだ……どんな漢字だろう。

　私のファンの人にも、いつも熱心にファンレターを送ってくれた人で、きよさんって名前の人がいた。

　いつも綺麗な字で、羽白絹世って書かれていたのを思い出す。

　その人は毎回長文の手紙をくれて、一番多い時には便箋100枚以上の分量が届いたこともある。

　あまりに熱心な人だったから、私も読むのが楽しみになっていた。

「生徒会に顔を出してくださいとは何度も言っているのですが……」

　困ったように話している伊波さんを見るに、そのきよさんという人は相当出席するのが嫌なんだろう。

　生徒会が嫌なのかな……？

「ただ、仕事はきっちりこなしてくださってます」

「そうか……まあ、俺からも連絡しておく」

　正道くんはそう言いながらも、再び盛大なため息をひとつ落とした。

「そういえば、花恋さんはお会いされたことがなかったですね」

「はい」

　伊波さんは何も知らない私に、親切に説明してくれた。

「もうひとり、羽白絹世さんという役員の方がいるんです。私たちと同じ２年なんですが……」

　……ん？

　今、はしろきよって言った……？

　……いやいや、違うよね。まさか同一人物とかではないと思う。

　というより、私はお手紙をくれていた絹世さんと会ったことがないから、顔を見てもわからない。

　彼はいつも、最後に必ず「イベントに行って貰げなくてごめんなさい。僕は出不精なので、家の中から君のことを見守っています」という謝罪の文を書いていた。

　律儀な人だなぁと、いつも思っていたのを覚えている。

　彼の手紙は、今も大切にとっていた。

　って、ファンのきよさんじゃなく、役員さんのお話だよね……！

「せめて週に一度は顔を出してくれればいいものの……あいつの引きこもりは重症だな。せめて、データ仕事を大量

に押しつけてやってくれ」

「それはさすがにかわいそうでは……」

「いいんだ。あいつは暇だからな」

　正道くんはその彼と仲がいいみたいで、話し方からそれが伝わってきた。

　その人にも早く、挨拶できるといいな。

　役員さんたち、みんなに認めてもらえるのが目標だから。

　最近はほかの役員さんたちと雑談することもあり、少しずつ仲良くなっている自信があった。

　……ひとりを除いては。

　正道くんとは和解……できた気がするけれど、陸くんとは……今もずっと口をきいていない。

　陸くんは相変わらず私を避けていて、休み時間になるたびに教室を出て行くのが当たり前になっていた。

　いつか……陸くんとも、仲直りしたいな……。

「……あ、もう時間ですね」

　伊波さんが、腕時計を見ながらそう言った。

「私は部活動会議に出席する予定ですので、少しの間生徒会室を開けますね」

　えっ……。

　笑顔を残し、生徒会室を出て行った伊波さん。

　ま、待って……私、正道くんとふたり……!?

　さ、さすがに、気まずいっ……。

　ほかの役員さんたち、いつ帰ってくるんだろうっ……。

　気を紛らわせるように、席について仕事に取りかかる。

き、きっとすぐに誰かしら、戻ってくるよね……。

「……おい」

　正道くんの声に、びくりと肩が跳ねた。

　わ、私に声をかけたの……？って、私しかいないんだった……。

「は、はい。なんでしょうか……！」

　思わず体が強張り、片言になってしまった。

　何を言われるんだろう……。

　そう身構えた私に届いたのは……。

「……お前の優秀さは認める。これからも役員の仕事に励め……」

　──正道くんの、そんな言葉だった。

　え……？

　まさかそんなことを言ってもらえるとは思ってもいなくて、呆気にとられる。

　正道くんのほうを見ると、私を見ないように視線を逸らしていた。

　正道くん……。

　今のセリフは……もしかして、正道くんなりの謝罪の言葉、なのかな……？

　ふふっ……正道くんは、不器用なのかな。

　ファンとして会ってくれた時は……いつだってまっすぐに、気持ちを伝えてくれていたのに。

　正道くんの知らない一面を知れて、うれしく思った。

「はい！　これからも頑張ります！」

笑顔で、そう返事をする。

ありがとう、正道くん……。

よし、残りの仕事、ぱぱっと終わらせちゃおう……！

仕事を進めようと思った時、確認のいる資料を見つけた。

この際だから聞いておこうと、立ち上がって正道くんのほうに向かった。

「すみません、この資料についてお聞きしたかったんですけど、あっ……！」

足もとにコードがあったのか、つまずいてしまう。

こ、転けるっ……。

「……っ、危ない……！」

私は痛みを覚悟して、目をつむった。

──ぎゅっ。

……あれ……？

想定していた痛みはなく、代わりに少しの衝撃が走った。

正道くんとぶつかる音だったらしく、目を開けて驚く。

正道くんが、転びそうになった私を受け止めてくれたらしく、片手で手を握られ、もう片方の手で肩を抱かれている体勢だった。

「す、すみません……！」

慌てて正道くんから離れようと動いたけれど、離れられなかった。

なぜか私以上に驚いている正道くんが、手を離してくれなかったから。

「……会長？」

　どうしたの……？

　目を見開いて私を見ている正道くんに、首をかしげる。

「どうし、て……」

　ぎゅっと、握る手に力が込められた。

「俺は……女に触ると、蕁麻疹が出るんだ」

「えっ……」

　そ、そうだったの……？

　じゃあ、早急に離れないと……！

　あれ、でも……。

　──いつも握手会で手を握った時は、蕁麻疹なんて出て
なかったはず。

「ある女性以外は……」

　意味深な言い方に、私はなぜかとても嫌な予感がした。

　……ちょっと待って。

「でも……お前は……」

　信じられないとでも言いたげな表情の正道くんが、激し
く動揺している。

「……まさか、そんな……」

　憔悴（しょうすい）したように呟いたあと、正道くんは──私のメガネ
に、手を伸ばしてきた。

　突然のことに反応が遅れ、メガネを取られてしまう。

「……っ!?」

　気づいた時には、もう遅かった。

　しまった……。

　メガネが外され、正道くんと目が合う。

そっと、小刻みに震える手で私の前髪を流した正道くん。

もう、言い逃れのしようがない状態だった。

正道くんは唖然とした表情で、唇を震わせていた。

「カレン……だった、のか？」

【続く】

あとがき

☆

afterword

　このたびは、数ある書籍の中から『極上男子は、地味子を奪いたい。②～最強イケメンからの溺愛、始動～』を手に取ってくださり、ありがとうございます！

　第②巻、楽しんでいただけましたでしょうか？

　①巻のラストで、命令制度を発令した天聖。そのおかげで、②巻では花恋ちゃんの高校生活がようやく穏やかなものになりました……！

　①巻では心苦しいシーンが多かったので、②巻は執筆するのもとても楽しかったです！

　②巻では仁斗のホーム画面問題や伊波のカレン発言、もうひとりの生徒会メンバーの存在などなどさまざまな謎も浮上しましたが、のちのち判明していきますのでそちらも楽しみにしていただけるとうれしいです！

　そしてそして、ついに正道が花恋の正体に……！というシーンで②巻が終了いたしましたが、恒例の次回の予告をさせてください！

　③巻では、花恋の正体を知った正道くんが暴走します！もうひとりの生徒会役員、"羽白絹世"もついに登場します！

　そして、星ノ望学園では体育祭が行われます！

　花恋ちゃんは運動神経も抜群なので、どう活躍するのか、お楽しみに…！

　そして何より、①巻では悪役であった正道くん含めた生徒会のメンバーたちが変わって行く姿も見届けていただけるとうれしいです！

　もうひとりの生徒会メンバーも登場してメイン男子たち11人が揃い、③巻ではいたるところで、恋のバトルが動き出す予感がしております……！（笑）胸キュンシーンも満載でお送りいたしますので、大波乱をご期待ください！

　最後に、本書に携わってくださった方々へのお礼を述べさせてください！

　素敵なイラストを描いてくださった漫画家の柚木ウタノ先生。

　②巻を手にとってくださった読者様。いつも温かく応援してくださるファンの方々。

　本書の書籍化に携わってくださったすべての方々に、心より感謝申し上げます！

　改めてここまで読んでくださり、ありがとうございます！

　また次巻でもお会いできるとうれしいです！

2021年6月25日　＊あいら＊

作・＊あいら＊

ハッピーエンドを専門に執筆活動をしている。2010年8月『極上♥恋愛主義』が書籍化され、ケータイ小説史上最年少作家として話題に。そのほか、『お前だけは無理。』『愛は溺死レベル』が好評発売中（すべてスターツ出版刊）。シリーズ作品では、『溺愛120％の恋♡』シリーズ（全6巻）に続き、『総長さま、溺愛中につき。』（全4巻）が大ヒット。胸キュンしたい読者に多くの反響を得ている。ケータイ小説サイト「野いちご」で執筆活動中。

絵・柚木ウタノ（ゆずき うたの）

3月31日生まれ、大阪府出身のB型。2007年に夏休み大増刊号りぼんスペシャル「毒へびさんにご注意を。」で漫画家デビュー。趣味はカラオケと寝ることで、特技はドラムがたたけること。好きな飲み物はミルクティー！ 現在は少女まんが誌『りぼん』にて活動中。

ファンレターのあて先

〒104-0031

東京都中央区京橋1-3-1

八重洲口大栄ビル7F

スターツ出版（株）書籍編集部 気付

＊あいら＊先生

この物語はフィクションです。
実在の人物、団体等とは一切関係がありません。

KEITAI
SHOUSETSU
BUNKO
野いちご　SINCE 2009

極上男子は、地味子を奪いたい。②
～最強イケメンからの溺愛、始動～

2021年6月25日　初版第1刷発行

著　　者	＊あいら＊
	©＊Aira＊ 2021
発 行 人	菊地修一
デザイン	カバー　粟村佳苗（ナルティス）
	フォーマット　黒門ビリー＆フラミンゴスタジオ
Ｄ Ｔ Ｐ	久保田祐子
編　　集	黒田麻希
編集協力	ミケハラ編集室
発 行 所	スターツ出版株式会社
	〒104-0031 東京都中央区京橋1-3-1　八重洲口大栄ビル7F
	出版マーケティンググループ　TEL03-6202-0386
	（ご注文等に関するお問い合わせ）
	https://starts-pub.jp/
印 刷 所	共同印刷株式会社

Printed in Japan

ISBN　978-4-8137-1108-7　C0193

ケータイ小説文庫　2021 年 5 月発売

『溺愛王子は地味子ちゃんを甘く誘惑する。』ゆいっと・著

高校生の乃愛は目立つことが大嫌いな、メガネにおさげの地味女子。ある日お風呂から上がると、男の人と遭遇！　それは双子の兄・嶺亜の友達で乃愛のクラスメイトでもある、超絶イケメンの凪だった。その日から、ことあるごとに構ってくる凪。甘い言葉や行動に、ドキドキは止まらなくて…？

ISBN978-4-8137-1091-2
定価 649 円（本体 590 円＋税 10%）

ピンクレーベル

『超人気アイドルは、無自覚女子を溺愛中。』まは。・著

カフェでバイトをしている高 2 の雪乃と、カフェの常連で 19 歳のイケメンの颯は、惹かれ合うように。ところが、颯が人気急上昇中のアイドルと知り、雪乃は颯を忘れようとする。だけど、颯は一途な想いをぶつけてきて…。イケメンアイドルとのヒミツの恋の行方と、颯の溺愛っぷりにドキドキ♡

ISBN978-4-8137-1093-6
定価 671 円（本体 610 円＋税 10%）

ピンクレーベル

『今夜、最強総長の熱い体温に溺れる。～DARK & COLD～』柊乃なや・著

女子高生・瑠花は、「暗黒街」の住人で暴走族総長の響平に心奪われる。しかし彼には忘れられない女の子の存在が。諦めたくても、強引で甘すぎる誘いに抗えない瑠花。距離が近づくにつれ、響平に隠された暗い過去が明るみになり…。ページをめくる手が止まらないラブ＆スリル。

ISBN978-4-8137-1092-9
定価 649 円（本体 590 円＋税 10%）

ピンクレーベル

『君がすべてを忘れても、この恋だけは消えないように。』湊祥・著

人見知りな高校生の栞の楽しみは、最近図書室にある交換ノートで、顔も知らない男子と交換日記をすること。ある日、人気者のクラスメイト・樹と交換日記の相手で、ずっと栞のことが好きだったのだ。しかし、彼には誰にも言えない秘密があって…。

ISBN978-4-8137-1094-3
定価 649 円（本体 590 円＋税 10%）

ブルーレーベル